正能量·美文馆

美文馆

心中有太阳，
人生才辉煌

XINZHONG YOU TAIYANG
RENSHENG CAI HUIHUANG

心灵
正能量

主编◎王国军

郑州大学出版社

图书在版编目（CIP）数据

心中有太阳，人生才辉煌/王国军主编．—郑州：郑州大学出版社，
2015.2（2023.3 重印）

（正能量·美文馆）

ISBN 978-7-5645-2138-7

Ⅰ．①心…　Ⅱ．①王…　Ⅲ．①散文集–中国–当代　Ⅳ．①I267

中国版本图书馆 CIP 数据核字（2015）第 006137 号

郑州大学出版社出版发行

郑州市大学路 40 号　　　　　　　邮政编码：450052

出版人：孙保营　　　　　　　　　发行部电话：0371–66658405

全国新华书店经销

三河市鑫鑫科达彩色印刷包装有限公司印制

开本：710 mm×1 010 mm　1/16

印张：13

字数：194 千字

版次：2015 年 2 月第 1 版　　　　印次：2023 年 3 月第 3 次印刷

书号：ISBN 978-7-5645-2138-7　　定价：42.00 元

本书如有印装质量问题，请向本社调换

编委名单

序

曾和一群朋友讨论过，什么样的生活是我们想要的。我想，这种生活，首先是自由的、快乐的，令人满意的，并且能通过自己的双手演绎得精彩无限。

也许每个人都希望自己是幸运的，做什么事情都一帆风顺，但命运这架天平的砝码，却永远掌握在自己的手里，想要多好的生活，就应该付出多大的努力。中间多艰难不要紧，只要肯努力，总会有一条路能走出精彩。

但很多时候，看到别人被鲜花和掌声簇拥，很多人并不去想那掌声和鲜花背后的汗水和泪水，却总是怨恨老天的不公，哀叹自己的怀才不遇。仔细想想，没有奋斗，哪来的成功？因此，不要羡慕别人的成功，不要埋怨自己付出了却没有收获，应该静下心来，想一想，你真的为你的梦想做到问心无愧了吗？

我们来看看这个奋斗的"奋"字吧，上下拆开，就是"一""人""田"三个字。你想想啊，一个人在一块很大的田地里劳作，能不辛苦吗？可是，也只有辛苦劳作，才会有收获，才会有成功。任何成功都不是平白无故而来的，不是躺在家里做白日梦就能得来的，必须"奋斗"才行。"奋"是一种态度、一种气魄、一种谋略，而"斗"却是实干，是争取。

当然，要想成功，也并不是仅靠奋斗就行的，还要善于把握机遇，人生总有很多偶然，每次偶然也都是一次机遇，只要抓住其中一次机会，坚持不懈，就能改变自己的命运。

编选"正能量·美文馆"丛书，是我们响应广大读者的阅读要求，新扩展的贴近生活、贴近心灵的系列图书，也是一套教你排除负面情绪，掌控正向能量的心灵之书。"正能量·美文馆"丛书共计十卷，精选《读者》《青年文摘》《格言》《知音》等知名杂志作家最温暖人心的心灵美文，作者涵盖朱成玉、王国军、刘清山、包利民、马浩、鲁先圣、孙道荣、清心、古保祥、崔修建、侯拥华、纪广洋、凉月满天、张军霞等人。

这些精选的美文内容生动、充实，或出自你我身边，或源自经典案例，或来自于内心深处的思想结晶，在这些文字中，你可以感悟青春，体验爱，领略成功的魅力……

编者

2014 年 8 月

目录

1

第一辑

把幸福留给自己慢慢咀嚼

幸福究竟是个什么东西？有人说幸福是天空中飞翔的小鸟；有人说幸福是一种概念，模糊不太确定有点玄的东西；有人说幸福是物质上的满足；有人说幸福是精神上的愉悦，也许都对。因为人的境遇不同，对幸福的理解也不可能完全一致。不过我还是觉得，幸福是一种冷暖自知的感觉，内在的、私密的、低调的、心灵深处最细微的感触，简单自然，像吃饭喝水和睡觉，幸福不是秀给别人看的，幸福是留给自己慢慢咀嚼的。

幸福的最高境界是，不求人前贵，只求自心安。

最美丽的拯救

侯拥华

梅尔斯小姐坐在办公室里批改作业,神情专注。此时,温煦明亮的阳光,正穿过玻璃窗,落在她那消瘦的脊背上。

那是一天中阳光最为灿烂的时光——中午的最后一节课,自习课。当外面的嘈杂声飘进窗户时,她才抬起头,转向窗外望了望。她发现学校大门口已经聚集了很多来接孩子的家长——要放学了!她又抬头看了看挂在墙上的钟表,然后起身,开始收拾桌子上的东西。

这时,一阵急促的脚步声从走廊传来。一个小男孩儿没打招呼就闯进了她的办公室。小男孩儿的脸上全是惊恐和慌乱。小男孩儿名叫杰克,是她所教的那个班的学生。她忙问杰克,究竟发生了什么事情?杰克气喘吁吁,上气不接下气地告诉她:乔治的钢笔丢了——那是他爸爸刚刚送给他的生日礼物,一支昂贵漂亮的金色派克钢笔。

梅尔斯小姐随杰克急匆匆地往教室里赶。在通往教室的路上,远远的,她就听到了教室里的喧哗声。

教室里,孩子们早已乱作一团。一推门,她发现,大家正在帮助乔治四下寻找那支丢失的昂贵金色派克钢笔呢,争吵声、辩论声、翻文具的声音充斥着整个教室。

梅尔斯小姐走进教室,让大家安静下来。她先询问了乔治丢失钢笔的过程,然后又询问了其他同学,可大家都摇头,说没看见那支派克钢笔。

梅尔斯小姐开始皱起眉头。她思忖了一会儿,轻轻打开自己的手提包,把里面的东西,一股脑儿全部倾倒在讲桌上,然后,又将自己的口袋一个个翻了个底朝天。她摊开双手，耸耸肩，坦然地说：瞧！我可没有拿那支钢笔。大家笑了笑，纷纷效仿，也将书包和口袋里的东西倒在桌子上，让其他人看。可是最终，仍然没有发现那支派克钢笔。

就在此时，放学的铃声突然响了起来。等待接孩子的家长开始拥进学校。梅尔斯小姐只好停下来，让大家收拾好自己的书包，放学回家。

乔治仍旧哭着鼻子，梅尔斯小姐走过去安慰他说，请放心回家吧，下午一定能找到的。

梅尔斯小姐开始送每个孩子离开教室。她和他们热情地说再见，还不时亲切地拍拍这个孩子的肩膀，摸一摸那个孩子的头。

谁也没有觉察到，这时，梅尔斯小姐的脸上忽然掠过了一丝惊恐和不安——她的手刚才被一顶帽子轻轻硌了一下。

刹那间，梅尔斯小姐明白了一切。可她忽然觉察到，自己手掌下那个戴着帽子的小男孩儿，此时，正瑟瑟发抖。

只是一瞬间，梅尔斯小姐又恢复如常。她把手从小男孩儿头顶利索地移开，脸上又重新浮现出笑容。望着惊恐发呆的小男孩儿，她轻轻拍了一下他的肩头，然后笑着说："彼德，还愣着干什么？瞧！你爸爸在外面等你呢！还不快去？"

那个叫彼德的小男孩儿只是愣了一下，然后飞快冲出教室，拉着父亲的手，没入人群中。

此后，梅尔斯小姐依旧像从没发生什么事情那样子，忙着欢送放学走出教室的每一个孩子。刚才，那短暂的一幕，似乎谁也没有觉察到什么。

那天下午，梅尔斯小姐从孩子们那里得知，乔治丢失的钢笔找到了，他遗忘在自己的抽屉的角落里了。孩子们跑来把她围住，争相向她报告这个好消息。梅尔斯小姐笑了，她望着孩子们明亮的目光，快乐的脸蛋，激动得说不出话来。这时，在人群中，梅尔斯小姐发现了一双闪着晶莹泪光的眼睛。

多年以后，梅尔斯老师快要退休的时候，有一天，她意外收到了一个从远方邮寄来的包裹。打开来看，里面是一个精致的礼品盒子，盒子里静静躺着一支华丽精致的派克钢笔，笔帽上还夹带着一张纸条——

送给我最敬爱的梅尔斯老师！

谢谢你为我保守秘密。你用最美丽最温暖的方式，维护了一个少年的尊严，也拯救了一颗将要堕落的心。

您的学生、华盛顿大法官彼德·斯蒂文

梅尔斯老师读过后，激动不已，她从没有想到，那次微不足道的善意举动，对一个迷途的孩子来说，却是一次最美丽的拯救，影响了他的一生。

心中有太阳，人生才辉煌

纪广洋

当前，社会变革势如破竹，各种新的思潮（尤其是席卷大地的经济浪潮）浪影叠错、铺天盖地。原有的一切正被荡涤、正被打破，而新的模式尚未形成、更无定型。在这种辞旧迎新、边破边立的历史性的过渡时期，整个社会就像正在翻耕着的泥土，一时失去了平静和平坦，变得刀伤斧痕、面目全非，直至坑坑洼洼、坎坎坷坷，甚至风尘滚滚、翻天覆地……

在这种"社会生态"中，人们的工作、生活，乃至思想和意识形态，难免就像原野上的花花草草、各类作物，一下打破了原有的宁静，伤到了各自的根系，甚至面临换换地方重新"栽植"的可能。也就是说，不少的人们一下失去了背景，面临着重新选择、重新定位、重新来过的命运关口，甚至一时失去了奋斗目标和人生方向——这许是我们这代人忧伤和彷徨的根本原因。

我在近期的《中国青年》上看到有位叫亓禅尧的朋友这样描述自己的困惑："门外的大街非常繁华，却找不到我该去的方向""我究竟该走向何方""下一段真的不知道该怎么启程"等诸如此类的感叹，则可借一句平时用来调侃的玩笑话来概括，那就是——心中没有红太阳。

试想，人们心灵的长空一旦失去了足可映亮征程、照耀前景的红彤彤的太阳，确是一件严重到不可回避的现实问题。失去了太阳，也就失去了方向、失去了目标。

引申开来，从远处说，帝王天子的目标是平治天下、稳坐金銮；黎民百姓的目标是安居乐业、儿孙繁衍。从近处说，就拿我自己为例吧——从记事时起，我就常常腰别"火柴枪"、头戴"防空（柳条）帽"、"荷枪实弹"地准备"解放全人类";上了小学,我又"时刻准备着,为共产主义理想而奋斗";到了中学,我又迷恋科学、努力学习,准备为"四个现代化"做贡献……可是,读完大学有了工作之后,曾经的目标和追求都逐渐消失在按部就班的工作和平平淡淡的生活中。尽管我入了党、提了干,可我的那颗曾经热血澎湃的心却渐渐平静、甚至是冷却了。我的一切观点和想法都变得"现实"起来,像是一下子折断了理想的翅翼。

终于有一天,在风起云涌的经济大潮里,我毅然辞去了工作,也淡出了市作协赋予我的重要角色,一心一意、甚至是孤注一掷地办公司、搞销售、做期货,做起了极端个人主义的发财梦……回头看看、静心想想,与其说我是在时代的浪尖上弄潮,不如说我是在岁月的波峰浪谷间沦落。当年,我那些暗暗发誓要为祖国、为人民、为社会做奉献的雄心壮志,被世俗化的时代浪潮荡涤得几近全无。个人的收获和一己的所谓的成功,怎么也抵消不了内心的孤独和惶惑。

但又仔细想想,造成我这种心态和生存状态的根本原因,除了我的思想涣散、意志薄弱之外,难道就没有别的因素了?

再看看而今我身边的朋友们(当然不是全部),他们的心中是否还有红太阳呢? 大多数早已由原来形而上的宏伟理想化作形而下的个人欲望——金钱美女、仕途权贵以及虚荣心等个人荣耀比比皆是。有的竟然全盘转化寄托为绿茵场上的足球、霓虹灯下的明星……更有甚者,"心中的红太阳"变得比盈亏变幻的月亮更虚无缥缈——麻将桌上赌输赢、彩票纸里梦乾坤……

天地之间没有太阳时,不是阴天下雨就是漫漫长夜。人心里、社会上看不到宏伟的目标、迷失了远大的志向、泯灭了希望的光焰时,同样是漆黑一片、暗淡无光。红尘滚滚的人世间,芸芸众生一旦失去了共同的理想和追求,失去了万众一心的可能性,人们的心中就自然没有了"太阳"的光辉,充满了忧伤的阴霾。

一个不甘沉沦的心灵,是离不开理想愿望、离不开奋斗目标的。严酷的战争年代，战士们时刻面临着生与死的考验，却意气风发、斗志昂扬，弹雨纷飞的战壕里却充满笑声和真挚的友谊。我看过一篇译文，写的是一群美国老兵的心灵轨迹，他们从炮火连天的战场上退役后，在各自的工作和生活中，大都患上非常严重的抑郁症，心中充满忧伤和痛苦……后来，他们自发成立了一个老兵俱乐部，经常性地聚到一起，回忆他们的甘苦年华，重温他们的战斗情谊。有时，还顽童似地模拟一些战争场面和生死离别的情景，为寂苦的心灵寻求慰藉。

前面我提到了，目前我们的社会形态就像正在翻耕着的泥土，尽管一时失去了平静和坦然，甚至变得刀伤斧痕、坑坑洼洼、坎坎坷坷，但也正因如此，我们才会拥有肥沃的田野、充满丰收的希望。让我们团聚在祖国的大家庭里，把我们希望的目光聚焦成明天的太阳，朗照在辽阔的大地上。

祝愿我们这代人能够早日走出忧伤的阴影，共创明天的辉煌。真向往，每个人的心中，都有一轮飘散着橘香的太阳。

美给自己看

崔修建

　　朋友带我一路翻山越岭，前往深山密林间，去寻找那位养蜂人，只为给远方的亲人买到最为纯正的蜂蜜。

　　路上，朋友告诉我，那位养蜂人很能干，也很能吃苦，每年他都要带着蜂箱，去很远的山林里，找到蜜源最丰富、最安全的地方，一个人驻扎下来，长时间地忍耐着孤独，直到收获了让人啧啧赞叹的蜂蜜，才会欣然回到山下的小村，和家人幸福地团聚。

　　养蜂人的妻子身体一直不大好，他赚的钱，很多都换成了妻子的药费，他对妻子的种种好，熟悉他的人没有不翘大拇指的。前年，他的妻子病逝了，原本就有些不爱说话的他，变得更沉默了，人也苍老了许多。他有一个女儿，在南京读大学，听说学习挺好的。只有提起女儿，他的话语才会多一些，语气里也多了自豪。

　　在转过一个山窝窝时，一条清凌凌的小河，突然出现在面前。河水清澈见底，河中有巨大的白岩石和光滑的鹅卵石，石缝间有小鱼欢快地游着，我俯下身来，掬一捧河水送入口中，一股惬意的清凉直抵肺腑。真爽，我不由得又喝了几口。

　　蓦然抬头，前面不远处，一个穿红格衫的女孩，正蹲在河边的那块青石板上，蘸着河水，轻轻地揉洗着长长的秀发，绵软如絮的阳光，轻吻着白嫩的臂膊。她没有使用洗发香波，也没有用香皂，只选了从山中采来的天然皂角。那垂向河水的如瀑的黑发，与她柔曲的腰肢，以及身后那青翠的山林，构成了一幅天然的美图。

女孩直起身来，拿出一把木梳，以河水为镜，一下一下，爱恋有加地兀自梳理着湿漉漉的秀发，像一只极为爱惜自己羽毛的孔雀。

真是一个爱美的女孩，我轻轻地赞叹道。她是美给自己看的，朋友一语轻松道。

是的，她一定是居住在幽深林间的某一个小屋，很少有人能够看到她的美，但那又何妨？她可以美给自己看啊。

继续往前走，眼前猛地冒出一大片开得正艳的芍药花，我和朋友都惊喜地喊叫起来，我们跑过去，欣喜地用手抚摸着，贪婪地嗅着花香，还拿出手机不停地拍照，恨不得把那令人惊艳的美，全都收录下来。

可惜了，藏在这样的深山老林，很少有人能够看到它们的美丽。朋友有些惋惜道。

它们是美给自己看啊！我立刻联想到了刚才在河边洗发的那个女孩，想起了朋友的话。

对，它们的美丽是给自己看的。我和朋友恋恋不舍地走开了。

终于见到了那位养蜂人，他穿一件很干净的深色衬衫，头发整齐，胡须剃得干干净净。真是一个利索人，与我想象中的蓬头垢面、胡子拉碴的形象，实在是相去甚远。

距离那一大排蜂箱两百多米远，有他搭的帐篷，还有用枯树搭建的凉棚。他从凉棚底下搬出一罐罐封好的蜂蜜，一一介绍给我们，热情地让我逐一品尝，果然都是上好的蜂蜜，他的要价也不高，比我预想的还要低一些。我有些眼花缭乱地选了好几种，多得朋友直笑我贪婪了，要背不动的。养蜂人送我一个大塑料桶，告诉我回去后马上把蜂蜜倒出来，换装成小罐，还叮嘱了我许多保存蜂蜜要注意的事项。

愉快地交流中，我发现，他的居所四周都做了精心的美化，碎石块砌成的排水沟，藏在幽密处的厕所，帐篷前还移栽了两大排野花，有幽兰、芍药、矢车菊、如意兰、扫帚梅，还有一些是我叫不出名字的，他的凉棚上缠绕的，是一簇簇牵牛花和紫藤花。

我不禁赞叹他是一个热爱生活的人，独自在这来人稀少的地方，把一切都安排得那样井井有条，那样让人看着舒畅。

他不好意思地笑笑，告诉我们：已经习惯了，一个养蜂人，走到哪里都是家，是家就要装扮得漂亮一些，没有人来看，就给自己看。

是美给自己看。我和朋友相视一笑，不约而同地总结道。

就算是吧，干净一些，利索一些，漂亮一些，自己看着心里也舒坦。养蜂人说着，把一个自己用桦树皮编织的精致的小花篮送给我，我道了谢，想起了朋友说过他喜欢看书，从背包里掏出特意带来的自己写的书。看到我在书上签了名，他满脸自豪道，以后再有人来这里买蜂蜜，我就拿给他们看，告诉他们说，我有一个省城的作家朋友，也喜欢我的蜂蜜。

我笑着对他说，您的蜂蜜不用我的书打广告，看到您周围这一片美景，就能想象得到。

此行不虚，不仅买到了上好的蜂蜜，还有了惊喜地发现和由衷的感喟——无论身处何地，无论日子是否顺意，都应该像那些恣意绚烂的野芍药、像那个临河梳洗的少女、像那个把自己和帐篷里里外外都装饰得漂漂亮亮的养蜂人，即便没有人欣赏，也要尽情地美给自己看。

把幸福留给自己慢慢咀嚼

积雪草

　　朋友的朋友结婚，朋友去观礼，回来后看见我直叹气，感慨道，老话说的一点都没错——人比人得死，货比货得扔。看看人家，那场面铺排的，简直就像童话里的公主与王子，豪华的宝马车队，用上千朵玫瑰编成的拱形门，大理石地面上铺满缤纷的花瓣，新娘子衣服就换了八套，酒席置办了一百多桌，据说价格不菲，连喜糖送的都是德芙巧克力。想想我当年，灰头土脸的，整个一个灰姑娘逃难，糊里糊涂的就把自己嫁了，真是不看不知道，一看吓一跳……

　　我起身一边给她倒茶，一边回过头来笑，哟，这就痛不欲生了？那是咱没有机会看到当年李家诚和徐子淇的婚礼，那才叫烧钱呢，人家可是动用私人飞机载客，光新娘子的饰品就会把人砸晕，这是小巫和大巫，咱穷人看看光景就好，瞅见人家的幸福，就回家伤心难过掉眼泪上吊抹脖子，那可就亏大了。

　　朋友也笑了，说，有那闲钱，烧烧也无妨，关键是那没钱的，也学人家发烧，不知道以后的日子怎么过。

　　想想也是，婚礼变成了秀场，幸福变成了独幕剧，上演给一些乱七八糟不相干的人观摩，个中滋味，当事者满腔热情，观看者津津乐道，事过境迁，幸福变成了一杯隔夜茶，除了倒掉，百无一用，剩下一大摞的账单挡在通往幸福的路上。

　　幸福其实是很私人的事情，幸福的本质应该是内心里一种独特的体验，低调、温暖、充盈，可是很多人喜欢把幸福当成一盘菜，有事没事就端出来给大家品尝。

办公室里新来了一个年轻的女子，漂亮、气质优雅，美中不足的是有一点张扬，凡事喜欢咋咋呼呼，别人接电话都会在走廊里低声私语，为的是不影响大家。可是她不，她喜欢在办公室里大声嚷嚷，今天晚上去听音乐会啊？不去不行啊？好、好，不见不散。接完电话，她耸耸肩说，人在江湖漂，没办法啊，我是最不喜欢听那东西了，一听就犯迷糊，可是朋友说音乐会的票很难弄，白瞎了怪可惜的，糟蹋了好东西。

隔天，她又接电话，皱着眉头嚷嚷，去吃西餐啊？我很土，不喜欢吃那些半生不熟的东西，去吃点别的吧？海鲜啊？恐怕也不行，吃海鲜我过敏。

情人节，对于已婚的女性来说，和平常的日子没有什么两样，浪漫一点的会收到内衣袜子之类的实用物品，不浪漫的收到的就是青菜、鱼、肉、火腿什么的，可是她跟我们不一样，她收到的是一大束绿色的玫瑰，卡片上有清晰的唇印。新同事戏谑地说，都老夫老妻了，我们家那位还整这个景，嘴上这样说，脸上的笑容却盛开的像花朵一样。

大家都很羡慕她的生活方式，认定她是一个幸福的人，认定她是一个跟我们不一样的人，我们都是俗人，在柴米油盐酱醋茶中摸爬滚打，老婆孩子一大家，萝卜青菜，精打细算度生活。她就不同了，听音乐会、吃西餐，经常收到老公送的花儿，有事没事都会和老公发情意绵绵的短信。

人和人不能比，都是一样的三顿饭，都是一样的一睁眼一闭眼，可是生活质量却有着质的区别。看人家的幸福生活，自然也会眼馋，回家对老公死缠硬磨，硬性规定，以后我过生日要送玫瑰，每天最少给我发三次短信。老公像看外星人一样看我，蔫了吧唧的憋出一句话，你有病啊？有买玫瑰的钱还不如去早市买两根黄瓜回家啃啃。我差点晕倒，想晒晒幸福，怎奈没人配合，我的浪漫心思就这样被拍在沙滩上。

周日，在街上闲逛，居然看到办公室新来的年轻女子，在街的拐角处，和一个乡下人打扮的中年人在说话，她的眼圈红红的，看到我，背过脸去抹眼泪。亦可能打算背对着我，擦肩而过就算了，可是我这人偏偏不识趣，过去跟她打招呼，你怎么哭了？谁欺负你了？

她把我拉到一边说，那人捎口信给我，说我母亲病重。

我不可置信地看着她，那么时尚优雅小资的女子居然是从乡野里走出来的。她似乎看出了我的疑惑，点点头说，是，我不是喝牛奶吃面包长大的城里人，我是听着乡野的风，闻着青草的香味长大的柴火妞，可是我要大家知道，我不比别人差，我在城里一样过得很幸福。

这样的思维和逻辑相信很多人都会大跌眼镜，原来，她的听音乐会，她的吃西餐，她的玫瑰花，她的满世界都知道和羡慕的幸福生活，都是为了填补她并不是满满自信的内心。

我无语。

说到底，幸福究竟是个什么东西？有人说幸福是天空中飞翔的小鸟，有人说幸福是一种概念，模糊不太确定有点玄的东西，有人说幸福是物质上的满足，有人说幸福是精神上的愉悦，也许都对，因为人的境遇不同，对幸福的理解也不可能完全一致。不过我还是觉得，幸福是一种冷暖自知的感觉，内在的、私密的、低调的、心灵深处最细微的感触，简单自然，像吃饭喝水和睡觉，幸福不是秀给别人看的，幸福是留给自己慢慢咀嚼的。

幸福的最高境界是，不求人前贵，只求自心安。

深山里的白衣天使

龙会吟

白芳来到野月岭有几天了。白芳就住在妹妹白兰开的小诊所里。这位县医院的内科主任,这次想把妹妹白兰调到县医院去。她不能让妹妹在这偏远的山区当一辈子乡村医生。

白兰却对去县城医院工作没有多大兴趣,她不明白姐姐为什么要费那么大的劲找那么多的关系把她调到县城医院去。在哪里还不是一样当医生?都想方设法跑到城里去了,农村人生病谁来治?她心里这样想,却没有把这些话对姐姐说。她晓得一说出这些话来,姐姐就要发脾气。她只说姐姐你别着急,上面还没派医生到这里来,我一时不能离开。

除了你这个傻瓜,哪个医生愿意到这鬼地方来?明天你一定要随我到县医院去,再不去,县医院那边就没你的份了。白芳生气地说。

现在白兰又在整理药箱,她要到山那边去诊治一位病人。白芳说,白兰,你今天还不准备走吗?你到底听不听姐姐的话。白兰说,姐姐,山那边艾菊婶的病,只差半个疗程就好了,我总不能让她的病除不了根呀。你再耐心等几天吧,你要是觉得寂寞,就和我一起去出诊,顺便看看山里的风景。

这里的风景有什么好看的,还不是一座座山,一道道岭,方圆几里都没有人烟的沟沟壑壑?白芳心里想着,脚却跟着妹妹迈出了门。与其一个人在诊所里待着,不如和妹妹一起出去散散心。

白兰锁好门,马上又打开,从屋里拿出一块小黑板,挂在门外墙上。黑板上写着三个字:留言板。白芳问,挂块留言板干什么?

白兰说,我不在家时,病人来找我,在黑板上留下姓名和地址,我见到后，可以直接去病人家治疗。

白芳说，你配只手机，不更方便？

白兰摇头，说，这里是山区，信号不行，手机不管用。

白芳叹了口气，说，这地方条件太差了，真想不出这么多年来你是怎么过来的。

白兰没有回答，只是带着姐姐朝山路上走。山里的雾气慢慢变淡了，被阳光照得发亮的山路，弯弯曲曲地在山里绕来绕去。白芳走了一会，就觉得两腿发酸，沉甸甸的像灌了铅块。白兰，还有多远？她真希望几步之外就是艾菊婶的家。

不远了，翻过那座山就是。白兰轻松地回答。

还要翻过那座山啊？白芳摇了摇头，真想一屁股坐在地上。乡村医生和城里医生差别太大了。城里医生，整天在舒适的医院里坐班，室内有空调，出门有车子，不用跋山涉水，不用日晒雨淋，每天八小时班，一晃就过去了，一个个保养得又白又嫩。而山村医生，出门就是山路，上下班没有时间界限，哪里有病人，不管是深更半夜，还是风雨交加，都要赶去出诊。好多医生都不愿在乡下干了，而白兰却像扎了根，挪也挪不动，一待就是好多年。这些天白芳替她跑来跑去地活动，她却像没事一样，一点儿也没想离开这里。白芳不觉叹了口气。

白芳问，白兰，这些年来，你都是这样翻山越岭地出诊？

山里人住得稀疏，不翻山越岭不行。白兰微笑着说。

你就从来没想过调到县城去？白芳又问。

这里需要医生，在这里也是给人治病。白兰望着前面。她看着满山遍岭的翠色，满山满岭的山花，像一幅多彩的画卷，在她眼前展现开来。和以往一样，她胸中立即涌起了一股激情。山村真美丽，在城里住着，哪里能看到这么好的风景？姐姐，你看，山野的风景多么美。她深情地说。

白芳没有去看风景。白芳只是盯着白兰那张脸。白兰比白芳小五六岁，可是从外表看，至少比姐姐大七八岁，那张被山风吹得粗糙黝黑的脸，已经爬满了深深浅浅的皱纹,不认识她们姐妹的人,一定会把白兰当作姐姐。如果在城里工作,她肯定不会这样显老。白兰,这样艰苦的地方,你也觉得很美?

是的。白兰嫣然一笑,笑容好甜好甜。

白芳却浮出了一脸苦笑。傻丫头,真是个傻丫头,在这样艰苦的地方工作,也笑得这么甜!她想说妹妹几句,突然发现白兰吃惊地瞪着前面,也不由自主地向前面望去,只见陡峭弯曲的山路上,一个男孩正跌跌撞撞地跑来,一边跑一边大声叫喊:白兰姐姐,快去救我娘。

小刚,你喊什么?白兰慌忙跑过去。

我娘快死了,你快去救我娘。小刚突然大哭。

什么?艾菊婶快死了?白兰不信,她以为小刚在说胡话。艾菊婶的病已经好得差不多了,再治半个疗程,就可以完全恢复,怎么突然就要死了?小刚,你慢点说,到底是怎么回事?

小刚却慢不下来,越说越急,结结巴巴。他说他娘想吃蘑菇,他采了一篮,煮给娘吃,没想中了毒,先是浑身抽搐,后又昏迷不醒,只怕就要死了。

白兰终于听懂了。白兰想骂小刚,你怎么连蘑菇有没有毒都分不出来?可是她来不及骂,也来不及对姐姐说句什么,撒开两腿就跑,她必须以最快的速度,翻过那座山,赶到艾菊婶家,保住艾菊婶的命。

小刚也跟着白兰没命地跑。白芳愣了一下,也猛跑起来。她是个医生,知道蘑菇中毒会造成什么后果,不及时抢救,就会死亡,现在的一分一秒,都关系到艾菊婶的生死。白兰,你快点跑啊,你一定要抢在死神前面,把艾菊婶的命保住。她一边在心里喊,一边去追白兰,她要和妹妹一起,跑步翻过那座山,把艾菊婶快要出窍的魂魄拽住。她跑啊跑啊,有生以来,她还没有这样奔跑过。她感到自己的心脏就要爆炸了,喘气越来越急促,豆粒大的汗珠,一串一串,河水一样从她的脸上哗哗地淌下。可是她不敢停步,咬紧牙根猛跑,她不能落在妹妹后面。

············

艾菊婶得救了。只要再晚几分钟，艾菊婶就将命赴黄泉，是姐妹俩神奇的速度，保住了艾菊婶的命。小刚流着眼泪，给白芳白兰磕了一个头。姐妹俩扶起小刚，安顿好艾菊婶，又朝翻过的那座山走去，她们必须马上赶回诊所，那里有病人在等她们。

白芳说，白兰，我们还是跑步吧，说不定那边又有危急病人。

白兰说，姐姐，你在后面慢慢走，反正你已经认得路了。

白芳摇头，说，我们两人一起跑，真要有危急病人，我还能给你当个帮手。

姐妹俩就一前一后地跑起来，跑在满山满岭的翠色中，跑在满山满岭的岚烟中，满山满岭的山花，都对她们绽开了笑容。

白芳说，白兰，现在我明白了，你为什么舍不得离开这个地方，这里的人们太需要你。

白兰说，是啊，我总是想，我要是离开了这里，就对不住这里的人们，就辜负了党对我的培养。

白芳说，你留下来吧，到时候，我也来这里工作，你的小诊所，一个医生太少了。

白兰笑了。白兰眼里噙着激动的泪花。白兰想说，姐姐，谢谢你了，谢谢你终于理解了我。可是她没有说，她只是撒开两腿，匆匆地向山顶跑去，翻过那座山，就是她的小诊所，就能看见她的病人了。

岁月的温度

包利民

一

那时还是十几岁的少年，性格偏激倔强，加之受家庭的影响，我对身边的人充满敌意。

正是上高中，学习成绩一塌糊涂，还常常和人打架，日子就是这样一天天重复。终于，学校将我开除，我回到家中，一进门便被迎面飞来的玻璃杯打得鼻孔流血。家里的"战争"常常如此，而"战争"的主角是我的父亲母亲，他们的"战争"从我记事起就已经开始了。

心灰意冷之下，我爬上了南去的一列火车，想用陌生的境遇打破那份沉重的窒息。可是，我没有想到，在那未知的远方，另一种艰难正在等着我。为了能生存下去，我干过力工，蹬过三轮，捡过破烂儿，每日里苦苦挣扎。这些都可以忍受，让我绝望的，是看不清前面的路。后来，漂泊辗转中，终于踏上了回家的列车。

和出来时一样，身无分文，我不知道这列车能将我载出多远，只要它能时刻接近着家乡，就足够了。我被赶下车时，正是黄昏，在一个陌生的小城，天上下着雪，北方的冬天无边地寒冷。穿着单薄的衣衫，我走在一条条街上，早已冻得麻木，饥饿像魔鬼一样紧紧抓着我的心。最后，我下定决心去讨饭。

在一条僻静的街，我鼓足勇气去敲一扇扇门，可是，等着我的，都是白眼与侮骂。我决定最后敲一户人家，如果是同样的际遇，就让我冻死在这风雪的夜里吧。我举手敲门，院里传来脚步声，我的心跳忽然强烈起来。门开了，一束灯光扑面而来，刺疼了我的眼睛。那是一个四十多岁的大婶，她笑着问我："有什么事吗?"我嘴唇冻得一时说不出话来。忽然，大婶拉起了我的手，那是怎样温暖的手啊，一直暖到心里。她拉着我的手一直走进了屋里，很温暖的一个家，我忽然觉得心中的坚冰顷刻间融化了。

许多年以后，我仍能记得那双手的温度，从那双手握住我的手的那一刻起，我的心便再也没有寒冷过。一双手的温度，焐热了生命中最冷的季节，常让我于温暖的感动中，在濡湿的心底重新鼓起生活的勇气。

二

生平的第一次恋爱，发生在大学校园里。那是一个很安静的女生，安静得让心里有微微的疼痛。那时的我虽然有了对生活的勇气，可骨子里却有着与生俱来无人知晓的自卑。那时的心境不是仇视这个世界，而是躲避它，因为它的多彩总是让我自惭形秽。

我在心里挣扎着，却不敢向她表白自己的爱。经历过无数次的折磨之后，我终于下定决心。那个晚自习后，我在宿舍后面的路上叫住了她。她微笑着等我说话，我红着脸嗫嚅了好久，终于说："做我的女朋友好吗?"然后慌乱地低下头，心如鹿撞。良久，我慢慢地抬起眼，她的目光柔柔的，刹那间，世界上的美好全都飞临了。从那一刻起，我们拉开了相知的序幕。

那些日子，我在她的目光中走出了自卑，走向一个崭新的天地。在一起的时候，她更多的是无言，只是用那明亮的目光看着我。那目光中，有鼓励有理解，更多的是一种温柔的力量，让我在青春的跋涉中，能拥有一片静美的天地。

后来，因为种种的阴差阳错，我们终究没有走到一起。可是，我永远忘不了那双眼睛，那一份温暖，晒干了我前进路上所有的泥泞，我会在那灿烂如春的目光里，走得更远。

三

有一次，一个朋友生病住院，我去看她。隔壁病房有很多人，朋友告诉我，那是昨天才送来的一个十二岁的小女孩，怀疑是白血病。来看她的那些人，都是亲朋或者同学老师。我悄悄地去看那个女孩，她在众人之间欢快地笑着，没有对绝症的恐慌和消极。我暗暗叹气，如果确诊是白血病，对于一个花蕾般的女孩，该是一件多么残酷的事。

隔了一天，我又去医院，朋友的病情已经好多了。我记挂着隔壁的女孩，便向朋友打听她的情况，朋友说，还没确诊呢。我来到小女孩的病房前，她正躺在床上看书，身旁只有一个妇女，可能是她的母亲。我刚回到朋友那儿，一个小女孩走了进来，她看了看我们，怯怯地说："我是隔壁那个女孩的班长，医生说她可能得的是白血病。"我问："我们有什么可以帮忙的吗？"她点点头说："嗯。我的一个同学在书上看到一个故事，故事里的小孩也是得了大病，他妈妈便四处求人吻吻她的孩子，并给孩子祝福，后来，那个孩子的病果然好了。我们也想试试，所以想求你们去吻吻她，好吗？"我和朋友对视了一眼，心中忽然涌起巨大的感动。

我们来到隔壁，小女孩仍在看书，她的班长说："薇薇，又有人来吻你了！"薇薇看着我们，羞涩地笑。她的脸很白，我的唇轻触到她的脸上，微微地凉，不过，她应该能感觉到我的温暖吧。然后，我俯在她耳边，小声说："你一定会好起来的！"她浅浅地笑，苍白的脸上飞起两朵淡淡的红霞。

那几天，许多人都去吻薇薇，每天她都既快乐又兴奋。后来，朋友病愈出院，我便没再去过那个医院，也不知薇薇最后的诊断结果如何。不过我相信，无论是怎样的一个结果，薇薇都不会有遗憾，因为那么多人的吻温暖着她，人世间许多真情与关爱尽在那一吻的温度之中。所以，即使她在人生的路上真的走不了多远，也会无怨无悔的。而我们更应感谢她，正是因为她，我们才能如此刻骨铭心地去感受爱一个人、祝福一个人的滋味。有爱的世界，永远是温暖的。

窝囊的大哥

顾文显

范金榜下岗后为了生存四处奔波,好不容易打拼出一片立足之地,却听邻居风言风语,说他老婆柳燕跟她的老板有些不清不楚,范金榜就留了心。真是越怕啥越有啥,在一个漆黑的深夜,范金榜把那老板堵在自己的家里。他怒不可遏,当着柳燕的面一尖刀捅入老板的胸腔,那刀直透过对方后背,想拔出来都难!

出了人命,范金榜像没头苍蝇一般逃离了这座城市,惊魂未定时就开始痛悔:情敌被杀掉,柳燕仍然可以再嫁,而他除了亡命天涯就是被抓去枪毙,撇下老妈妈可怎么办?得活下来,留着这条命,就是支撑老妈妈活下去的希望。但是,自己身上分文皆无,逃亡的路上也难办呀。求朋友?范金榜把所有的朋友过滤了一遍,都靠不住。警方可能已经在悬赏捉拿他了,平常你一顿酒我一包烟的交情哪能经得住重金的诱惑?若讲生死情谊,对,就是杨树林!

杨树林为人老实不惹事,平常事事听范金榜的。当年一起当窑工,有一回两人双双被埋进煤堆里,全仗范金榜一遍遍地鼓励杨树林坚持着别睡过去,否则不用等营救人员赶到,他早完蛋了。从此,两人就像亲兄弟似的,范金榜有事咳嗽一声,没有不好使的时候。如今范金榜成了人人喊打的杀人犯,这世界上只有杨树林不会出卖他。这么一想,范金榜就敲响了杨树林家的门。

杨树林见兄弟登门,特别高兴:"你小子忙什么去了,面也见不到。正好,你嫂子回娘家了,咱哥俩今天晚上一醉方休。"杨树林边说边要张罗着弄菜。

"大哥,你先给我一句心里话。"范金榜一把拉住杨树林,"假如让你在组织和我当中选择一个,你是出卖组织呢,还是出卖我?"

"这小子没喝酒就醉了。"杨树林看了他半天,"我一个非党群众,哪来的组织? 组织一大片,兄弟就一人,我当然不可能出卖你,你是我的患难兄弟呀。"

"我的亲大哥!"范金榜扑通一声跪在地上,"实话对你讲了吧,你兄弟我杀了人。"范金榜一五一十把杀人经过讲了,"大哥,你最后帮我这一回,找点衣服和钱,出了这个门,兄弟我是死是活,就跟你没关系了。"

杨树林愣了半晌:"你这一走,咱妈那把年纪……"他一直把范金榜的妈称为"咱妈"。

"走一步看一步。"范金榜叹了口气,"大哥日子也不宽绰,这事不好连累你跟嫂子啦。这些年我只说把咱妈接来市区住,可一直没兑现,谁知道是这结果,老人家只当没养我这个儿子。"

"好。"杨树林盯着范金榜的眼睛,"你如果被警察抓住,不会出卖我吧?"

"好汉做事好汉当,我绝对不会出卖我的哥哥!"

范金榜说到这份上,杨树林也无话可讲,他找出一些自己的衣服扔给范金榜:"你选择。你是马上换衣服走呢,还是等我出去多买点吃的你路上带着? 我现在出门怕你怀疑我。"

范金榜盯着这堆衣服想了想,警察不可能这么快就追到这边。一咬牙:"我出去买东西,必然被人发现,说不定通缉令都发了呢。还是劳动大哥你吧。吃饱饭我从你这后山翻过岭去,直通原始森林,往后就只能听天由命了。"

"那好。你就看电视,座机响了你也别接,我马上回来。"

杨树林走了。范金榜盯着电视,一点也看不进去。此行凶多吉少,老妈妈……那个从30岁开始就守寡的老妈妈,现在患上了老年白内障,再没了儿子,她能经受住这样的打击吗……范金榜死命抽自己的嘴巴,这一步真的错了,错得他痛断肝肠却无力回天!

心乱如麻地等了不知多久,门锁转动,杨树林背着一大包食品进屋。但范金榜还没反应过来,老杨身后就扑上来好几个警察,一下子将范金榜摁倒,顺手从腰间缴走了一把水果刀!

原来这杨树林刚才欲擒故纵,那都用的是稳住他的奸计,早知如此,不如按最初设计的那样,进门先杀了他,然后再搜索钱物脱身!"杨树林,你!好一个宁卖组织不卖朋友!"范金榜恶狠狠地骂道,"你不想管我,倒是说呀,老子立马走人!你把老子骗在家里傻等,你去立功,卑不卑鄙,老子做鬼也不放过你!"

警察要给范金榜上铐子。杨树林拦住了:"他精神有些病变,别听他的。咱不是讲好了吗,让他吃完东西再走,他肚子可能挺空。"

"老子不吃你这狗食!"范金榜骂骂咧咧地被警察押下了楼。

出乎范金榜意料的是,归案后他没有被枪毙。那老板的心脏长在右侧,他那一刀并没致命,而他的案子竟被搞成了有自首情节,受伤老板也没追究他,因此,他以伤害罪被判刑8年。绝处逢生的范金榜接到判决时失声痛哭,心里又燃起了希望,好好表现,争取减刑,如果再获自由,那就陪伴老妈妈,直到她老人家最后一息……

范金榜迫切渴望自由,还有一块心病,那就是卖友求荣的杨树林。范金榜在心里把那狗杂种骂过几万遍了,仍然难解心头之恨,这世界上谁都可以出卖他,唯独那姓杨的不可以!他出去第一件事,就是陡然出现在杨树林面前。当然,经历了这场灾难,他不可能再做蠢事,他只想痛快淋漓地羞辱那衣冠禽兽一番,让对方跪在他脚下啃他的脚趾头,让姓杨的下半辈子提到范金榜三个字就心惊胆战……

有着思念和仇恨的双重动力,范金榜不但表现出色,还学得一手精湛的车工手艺,要是老妈妈健在,今后的生活也不会再犯愁了。服刑六年多一点,范金榜就提前获释走出了监狱。他找了家美发厅,好好收拾了一下,换上整洁的衣服,对镜子一照,嘿,人挺精神!他匆匆赶到了杨树林家楼下。

太熟悉了。范金榜差点就放弃了羞辱对方的念头，这个窝囊废六年多是怎么过的，周围邻居家全都换成铝合金或者塑钢窗，阳台也包上了锃新的铁皮，单单他杨树林一家，还是那烂乎乎的木头窗户，阳台仍然那么裸着，鸡立鹤群特别扎眼……他的气消了一半，老杨确实也不容易，老婆得了糖尿病，连医院也没能力住上一天，就那么靠偏方维持，他一个没技术的工人，孩子该上高中了吧。人贫志短，靠举报他换点奖励好像也应当给予理解。这一瞬间范金榜又觉得杨树林受奖倒比奖给别人强，他本人让警察抓住，也还算交了运，如果被武警击毙，那才冤枉！

时隔六年多，范金榜心情复杂地再次敲响杨树林家的门。

杨嫂子拉开门的刹那，范金榜清晰地听到屋里正爆发着一阵爽朗的笑声，这笑声在梦中出现过无数次，他一下子就能分辨出来，那是他朝思暮想的老妈妈！

笑声戛然而止。范金榜一下子定在了门口：他的妈妈从床上跳下，健步如飞地冲儿子奔过来，那脸色比六年前红润得多，而站立在原地慌乱得手足无措的那个小老头，就是被他切齿痛恨着的杨树林吗，六年工夫，咋老成这副模样！

老妈妈一把抱住儿子："俺那个没脑子的孩儿呀，多亏了你哥，不然咱娘俩只能来世相见了。你一进去，你哥就把我接了来……你看，把你哥你嫂拖累成啥样了？"

是这样啊。范金榜准备好了的谴责诅咒一个字也用不上了，他望着杨树林："你早知道他（被害人）没死？"

"我哪有那个智商。"杨树林总算开了口，"那晚上你一进门，我就发现了你腰间的刀子，又见你问我选择出卖哪边时，那眼睛里透出的全是杀气。我要是劝你自首，你那体格，能轻松一刀宰了我。我死了，老婆孩子咋办，咱妈咋办？再说啦，要是那边人死了，劝你自首又有啥用？所以报警前，我也犹豫再三，放你走吧，但你迟早也是个落网，你能瞒过警察不牵连我吗？最后咱俩都得进去，老太太还是没人管呀。"

老妈妈咳嗽了一声，告诉范金榜，杨大哥举报有功，奖励的钱全部用来给她的双眼做了手术，要不，她早瞎了；杨大哥不但跟警察讲了范金榜值得同情之处，而且请求警察给他按自首情节处理；听到那老板没死，杨树林又找到已经对老板死心塌地了的柳燕陈说利害，最后打动了对方，承诺对伤害一事保持沉默……"要不然，你能出来得这么快？是我不让你大哥去看你。大恩大义从来不在乎表面文章。可你大哥天天为你受着良心的煎熬，你再瞅瞅他老成什么样子啦！"

范金榜痴痴地望着老杨。他蹲监狱养得健壮如牛，无依无靠的老妈妈神采奕奕，可有家有业有工资的杨家夫妇，却憔悴得脱了相！

"这 2412 天啊，我数它像数了一辈子。我怕你回来，没脸见你呀，大哥窝囊，事出无奈呀。我整天不断地想，要是没有那段坎坷多好，为什么杀人的不是我，那样，咱至今还是好兄弟。"杨树林泪如雨下，"可我又盼你回来，我一定得请求你的原谅。还有，假如哪天我不行了，你得接下来照顾咱妈……"

"大哥！"范金榜山呼海啸般长嘶一声，这条一米八的壮汉，扑通一声，就跪倒在地，跪倒在了一小时前还设想着会跪在他脚下的那个人脚下，"你饶过小弟吧，我知道什么叫真正的兄弟、真正的义气了。往后的日子，咱两家并做一家过，我要是再犯驴脾气，你跟嫂子就是我的亲爹妈，对我严加惩治。你小弟别的长处没有，信奉的就是一个孝字！"

第二辑

这段情只对你和我有意义

"纷乱人世间，除了你，一切繁华都是背景，这场戏用生命演下去，付出的难得有这番约定，这段情只对你和我有意义。"茫茫人世，谁会记得一段古旧的情爱，这段情也许真如歌里唱的，只对他和她有意义。到了另一世界，他们想必也是一人做饭，一人烧水，一人种田，一人浇地。在这个喧闹纷乱的世界里，光这样想想，都让人觉得安慰。

这段情只对你和我有意义

凉月满天

据说物质贫乏时代的人们憨厚又狡诈，大方又小气，貌似公允又十分偏心。这一点我十分相信。我婆家的奶奶经常会绘声绘色跟我们讲述一件事。

呼嗒呼嗒的风箱声停止，拿一瓢水把余火泼灭，揭开高粱篾编的笼屉，一股热气冲天而起。奶奶忙着用水把手蘸湿，把锅里的白面馍和黄面馍拾到干粮篮里。一边拾，一边暗中记数："一，二，三，白馍，十六，黄馍，十七……"我一边听一边纳闷："记数干嘛？一家人吃饭还要定量？"

谜底很快就揭开了。一锅薄粥，小葱拌黄瓜，一家人团团围坐，开吃。太爷爷——奶奶的公公，唱戏一样站起身来，像老生出台，咳嗽一声："嗯，你们吃吧，我不饿，出去遛遛。"胳膊往身后一背，踱出门去，两只袖子鼓鼓的。瞅他出了门，我奶奶赶紧查数，"一，二，三，嗯，白馍，十五，黄馍十六。"她啪地把筷子一摔，说我爷爷："你爹这个老不死的又偷干粮给你兄弟！"

爷爷是个孝子，正低头喝粥呢，"咣"把碗一摔："你爹才是老不死的！"

"你爹是老不死的！你爹是老不死的！"

这下子重点转移啦，不是公爹偷干粮给小叔子的问题了，开始争论谁的爹才是老而不死的。争论到最后通常是诉诸武力，饭锅踹翻了，干粮洒一地，我爷爷的胳膊被咬了好几个狼一样的尖牙印子，我奶奶半边脸通红——打的。

就这样隔三岔五来一场。我就很奇怪，老人干什么不一碗水端平呢？非得要这样搞得两口子大打出手，伤害感情？但谁也没办法。就是如厕，小解就解到大儿子的厕所里，大解得跑到小儿子的厕所里，那是粪肥！

这样做的确伤感情。王熙凤说人和人之间像乌眼鸡，恨不得你吃了我，我吃了你。我爷爷和奶奶就这个样子。到最后两个人不光分房而睡，而且十亩庄稼地，各种五亩。这怎么种法！给棉花打尖理杈是女人家干的事；给庄稼地拽长锄短锄，收夏收秋往房上扛粮食是男人干的事。这一分开，奶奶的五亩地杂草疯长，看不见地皮，爷爷的棉花长得一人高，全是绿油油的疯杈子。收回棉花来，我奶奶给几个孩子做棉衣裳，暄暄软软，任凭我爷爷布衾过年冷似铁；收回粮食，我爷爷端着升斗出去换大饼油条，和我太爷爷一起吃，任凭我奶奶粗茶淡饭，清汤寡水。

到后来，惹祸的太爷爷也老死，四个儿子都娶了媳妇，这么多年的惯性却无法停止。老两口还是过不成一家子，干脆把自己分给了四个儿子。爷爷跟大儿子和小儿子，奶奶跟二儿子和三儿子。不知道怎么分的，明显的不合理。

大儿子——也就是我公公，和小儿子都在外边工作，家里没地。一个老头子没有用武之地，天天呆街，和一帮子老头老太袖着手说东说西。越是闲着越有食欲，整天想着大饼油条和肉丸饺子。偏偏两个儿媳妇都爱素食，素炒白菜都不肯多搁油，嫌腻，把老头子饿得七荤八荤，脚下没根。

二儿子和三儿子都是农民，一年四季手脚不闲，我奶奶也闲不下来。快七十岁的老太太，头发都白完了，一只眼睛还是萝卜花，那是给儿子们去麦地里拔草时，一根麦芒扎成那样子的，心疼钱，也没治，就那样了。整天泥一身水一身，跟年轻人一样摸爬滚打。两个儿媳妇不疼婆婆，老嫌给自家干得少、偏心。春种秋收，浇水施肥，累得我奶奶一路往家走晃晃悠悠，痴痴呆呆，看见我爷爷连瞪一眼的力气都没有。我爷爷在街上坐着，一路目送，眼神复杂。

终于有一天，我发现他跟我奶奶同时出现在二叔的地里。长长的一块玉米地，我奶奶在前边一个一个地掰棒子，我爷爷跟在后边扬着镢头刨秸秆。两个人都闷声不语，我爷爷的动作还有些僵硬不自然，我奶奶明显的神情欢快,脸上漾着水波一样的笑意,时不时回头看一眼,擦擦眼睛嘟哝:"老倔驴……"

后来,我爷爷和奶奶就角色互换了,奶奶整天呆街,爷爷像风车一样给儿子家乱转。转来转去,俩老人不干了。

夕阳衔山,该做饭了,两个老人没有各回各家——各儿子家,而是一前一后相跟着回到了厮守这么多年,打吵这么多年,生分这么多年的自己的"家"里。三间孤零零的草泥抹墙的破房子和蒙满灰尘、缺胳膊断腿的破家具。

我爸爸找到这里,我爷爷很坚决:"你们回去吧,我和你娘就在这儿了。"我二婶也来了,一脸想找茬的神气:"娘,这么晚了,不做饭,跑这破房子来干吗?!""你说什么?"我爷爷平生头一次叉起腰来教训儿媳妇,给自己的媳妇出气:"做饭?那么大一块地,你让你娘一个人掰棒子,她都七十多了,干起活来不像是你婆婆,倒像你媳妇!还要她回去做饭?牛马累一天还知道给口现成的!你们走吧,我跟你娘就住这……"二婶气得一扭身骂骂咧咧出去了。

后来,我不止一次目睹这老两口像新婚夫妻一样同做同吃。一个拉风箱烧火,一个围着围裙切菜;一个剥葱,一个择蒜……我爷爷不会包饺子,就帮着放案板,然后抽着旱烟袋笑眯眯看着老伴忙碌。饺子出锅,他一顿能吃三大碗,一嘴一个肉丸,香着呢,越吃越爱吃……

所以说,凡事都不应绝望,总有一天满天乌云散,明月升上来。

只是,这月亮升上来太晚,乌云散开又太迟。

我奶奶明显地越来越吃不动了。本来就是一头银发,黄净面皮,现在脸更黄,头发枯涩没有光彩。走一步喘两喘,还给老伴烙饼、擀面、炸馒头、包饺子。吃饭了,暮色苍茫中,挨着家里那棵几十年的老椿树,一弯新月早早挂在树梢。放下用了多少年的油漆斑驳的小饭桌,两人对坐,我奶奶还是多年的老规矩,随时伺候着给我爷爷盛饭。我爷爷也是多少年的老规矩,吹毛求疵:"太满了,太浅了,别给我那么多米粒,你不知道我不爱吃米?"我奶奶就恼："别不知足，老头子。什么时候等我死了，你就知道难过了。"

我坚信人都有一种对死亡的敏感。我的小孩子才六个月，谁抱她都可以，冲人家甜甜地笑，就我奶奶抱她，吓得她一边乱挣一边哭得要背过气去，软软的头发都要竖起来。"唉，小娃娃看见什么了？吓得她那样。"我奶奶一边把孩子还我，一边尴尬得喃喃自语："莫不是我要死了？"

"瞎说什么！"我爷爷厉声呵斥，吓我一跳，威风依稀似当年。

但是居然不是瞎说。不出半个月，我奶奶就病倒了，神智渐渐不清。我看着爷爷在屋子里转来转去，心急如焚，拄着拐棍子橐橐地敲地面，命令我奶奶："你起来！给我起来，下地，跑！"没人理他，晚辈们围着奶奶默默垂泪。

他开始运用他那一点可怜的堪舆知识，狂乱地搜索房屋四周和整个院子。一眼瞅见了什么，居然迈着被半身不遂搞得僵硬无比的腿，自己钻到了破旧的厢房，找到一把遗弃多年的锯子，锈迹斑斑，颤颤巍巍拎出来，对着那棵他们在底下吃过多少年饭的大椿树开始锯。爸爸跑出来："爹，你干啥？"

七十多岁的老头子，手头不准，一边上上下下地乱锯一边发脾气："都是这棵树！正对房门，把你娘妨倒了，把它锯了，你娘就能醒过来……"我爸爸接过家当："爹，你起开，我来锯。"

大椿树被放倒，一树绿叶渐渐枯萎，忧伤而委屈。我奶奶却始终没能站起来，一个月后去世了。她在最后的几分钟里醒过来一次，眼睛发亮，颧骨发红，手颤着往上抬，一边声音微弱地叫："他爹……"我婆婆赶紧溜下炕去叫我爷爷，等他两脚拌着蒜想快却快不了地冲进来，我奶奶早闭了眼，媳妇们正乱着给她拢头穿寿衣。爷爷把她冰凉的手攥在他的手里，贴在脸上，满脸是泪，无声地张着粉红色没有牙的大嘴。

三个月后，爷爷去世。活着时也不说想念，也不说悲哀，只是摩挲着奶奶的遗像发呆，饭吃得越来越少。婆婆特意给他包了肉丸饺子，他只吃了一个，就哽在喉咙里，咽不下吐不出，汪汪的泪，看得人心碎。他走的时候也很安静，一味沉睡，好像梦里喃喃自语了一句，语气焦急："怎么还赶不上！"——也是，伊人先自离开，路上烟尘飞扬，老是追赶不上，真着急。

"纷乱人世间，除了你，一切繁华都是背景，这场戏用生命演下去，付出的难得有这番约定，这段情只对你和我有意义。"茫茫人世，谁会记得一段古旧的情爱，这段情也许真如歌里唱的，只对他和她有意义。到了另一世界，他们想必也是一人做饭，一人烧水，一人种田，一人浇地。在这个喧闹纷乱的世界里，光这样想想，都让人觉得安慰。

贝壳风铃

卫宣利

　　她的阳台上挂着一串风铃，贝壳做的。小巧玲珑的扇形，颜色各异，挤在一起，像一个个调皮的精灵。风将它们轻轻拨动，叮叮当当，每一首曲子都是独一无二的天籁之音。

　　风铃是他送的。那时候他们正相爱，他在温暖湿润的海滨城市，她在遥远的中原。他说，等着我，买了房子就接你过来，到时候你想逃都没门。她便安心等着，相思被距离拉得很长，溢着蜜甜的忧愁。

　　那一次她熬不过相思，跑到他的城市去看他。他带她去海边，金黄柔软的沙滩上，玲珑可爱的贝壳静静地躺在沙子上，像等待宠爱的孩子。她无限欣喜地将它们一一拣起，装进贴身的衣兜。她那么贪心，拣了后面的，丢了前面的。而他，含笑跟在身后，眼睛里是无尽的疼惜和爱怜。

　　回来后，当她从旅行包里拿出那串贝壳风铃，她呆了。是她丢掉的那些贝壳，被长长的线串在一起，光滑精致的贝壳相拥着，手轻轻一碰，清脆悦耳的声音，像奏在心上的音符。他的短信同时过来：亲爱的，风铃响起，是我想你！她的心软软的，荡起柔情的波。将风铃挂在阳台上，正对着她的卧室。此后夜夜，风铃叮叮当当，是幸福在唱歌。她在铃声中安然入睡，这个浪漫多情的男人，是嵌在她心上的梦。

　　可是生活不仅仅是浪漫的风铃，还有堵塞的下水道、突然坏掉的灯、因为忘记交费而断掉的燃气、上司的责难、朋友的误解……这些时候，她多么需要有他在身边，帮她承担帮她抵挡。可她得到的，常常只是一句抱歉的话：对不起宝贝儿，再坚持坚持！到后来，干脆成了一句冷淡的短信：我很忙，去找物业来看看。

当他的电话再也打不通的时候，她才从朋友那里知道，他早已另觅高枝。是他公司的老总，那个四十多岁的女人，给他买了车置了房。用最俗的方式，却轻易地收买了他们的爱情。

分手后她一度茫然失措，常常说着说着就忘了说些什么，头发大把地掉，几乎夜不能寐——闭上眼，就仿佛听到阳台的风铃在响，悦耳动听如同他曾经的情话。其实夜很安静，安静得一丝风也没有。有时候她也会在阳台上，盯着摇曳的风铃，静静地待上一个下午，她想不明白，为什么那么相爱，却走不到一起。

两年后，她的身边终于也有了新人，是个安静沉稳的男人，会帮她疏通下水道，修好所有坏掉的家电，及时缴水费、气费、电话费，还会在厨房里，为她做细细的手擀面，熬养心补脾的粥。可她总还是心有不甘，这个男人不懂文学不懂浪漫，在她面前，常常羞涩紧张得像个孩子，哪里比得上他的洒脱幽默？她还是常常想起他，那些甜蜜浪漫的过往，如今都化作一根根的银针，刺得她的心隐隐作痛。

有一次，男人整理阳台，擦玻璃时，那串风铃在身边飘来荡去，呼啦呼啦响得烦人。男人说："这东西真碍事，不如扔了吧？"她"腾"地跳过去，护住那串风铃，突然大发雷霆："扔什么扔，你懂什么呀？"男人看到她发火的样子，觉得莫名其妙。

她还是渐渐习惯了和这个男人在一起，习惯了散步时被他牢牢地牵着手，习惯了生气时他笨笨地为她讲笑话逗她开心，习惯了父母生病时第一个打电话给他求助。她不知道这是不是爱，只是觉得和他在一起，她安心而大胆，就算世界不存在了，只要有这个男人在，她便无惧。

春节时，她请了家政来做保洁。保洁员打扫阳台时，不小心碰到那串风铃，只听"哗啦"一声，贝壳散珠落玉一般纷纷坠地。那串风铃，片刻间成了一地碎片。年轻的保洁员急急地向她解释："不怪我啊，你看这线，时间太长了，都糟烂了，我只是轻轻一碰……"她怔住，上前拉起风铃的线，在手里轻轻一拽，竟真的轻易就断掉了。原来，真的没有什么能敌得过时间的磨蚀，何况是几根失了爱的线？

把那堆碎掉的贝壳倒掉，她忽然就释然了。三个月后，她和身边的男人结了婚。她想，这一点一滴琐碎的生活，其实就是散落的珍珠，只有用爱做穿珠的红线，才能经得起时间的侵蚀。而她的男人，早已用他满腔的爱意，贯穿了她的细枝末节，串起了她的一生。

那个在网上"人肉营销"的人

王国军

认识他，是在我经常去逛的一个论坛里。他就在那里发帖，比如如何鉴别真假货，如何选择买家。好奇之下，我打开了他的帖子，就这样聊了起来。后来才知道，他和住我在同一个小区里。

之后的日子里，我一直关注着他。他总会给我一点惊喜，比如他会问我，你知道什么叫"六度分离"理论吗？见我惊讶，他只好自问自答，所谓"六度分离"，是说世界上任何两人之间最多通过六个人就能联系起来。这看起来非常奇怪，但科学研究发现，这的确是事实。又比如他会说，你知道什么叫"人肉营销"吗？简而言之，就是利用自己的人脉关系，帮别人推荐网店产品，从而获得提成。

和他聊天，很多人都会认为他是一个职业网客，但实际上不是，他只是一个大二的学生。有时候我很纳闷，怎么不去好好读书，却在网上瞎折腾，不过，我并没有轻看他，这样的男生，至少是我喜欢的类型。

他在网上的每一个帖子，都会引来众多的跟帖，很多人都说他的帖子专业而细致，为网购的人节省了不少的时间，但有的人也认为他是在作秀，是在炒作自己，不管怎么样，他红了是不争的事实。

于是，大家都叫他"淘客男"。

后来听说，他之所以去做网络兼职，是因为他的母亲。他家境并不好，为了供她读书，母亲一天到晚地忙碌，很快就病倒了，是急性动脉硬化，虽最终脱离了生命危险，但需要很长一段时间进行调养。为了赚足母亲的医药费，他找了几份兼职，但仍显不够，在朋友建议下，他当起了淘客。

他告诉我，第一个月他共成交了487笔，提成收入3458元。动动键盘，收入就这么高，我感到十分惊讶，好奇之下，我决定去他住的地方看看。

进去时，他正在紧张地忙碌着，电脑桌面上显示出很多排列有序的word文档，他告诉我，他每天都会在电脑中保存几十甚至上百条网店信息，之后再分门别类进行筛选。我问："那你岂不是天天都要起早贪黑？"他点点头说："五点就起来了。没办法，以前'人肉营销'的人很少，现在成批成批地增长，所以竞争也越来越激烈了。"要离开时，他突然说："我准备做一个网站，祝我成功吧。"我说："你一定会成功的。"他笑了笑，目光飘向远方，在他的眼神里，我看到了一种熟悉的表情，那叫坚持。

一个月后，他突然来找我，笑得很开心："借你的吉言，我成功了。现在有几十万人收藏了我的网站，很多朋友在网购前都会来我的网站看看，这个月我拿到了一万多元的提成。"他从口袋里取出一本书说："也没什么送给你的，这是小时候，父亲送给我的《钢铁是怎样炼成的》，我一直珍藏着，现在我送给你，略表我的感激之意。"

从那以后，他经常会来找我，我们一起谈人生，谈理想，谈创业。他说，等母亲的病好后，他准备和几个志同道合的朋友组建一个淘客团队，以获得更大的发展空间。我完全相信，像这样有主见、有思想的人绝对不会被尘世所淹没。

两周后，就听说了她母亲出院的消息，而且有几家网络公司也纷纷向他递出了橄榄枝，但都被他委婉拒绝了，他觉得自己还年轻，还处在积累经验的时候。他说，做网络营销还仅仅只是个开始，等毕业了，他要建立属于自己的创意公司。

还有什么好说的呢，我只能远远地祝贺他，并且支持他。一个刚刚大二的学生，就用网络证实了自己营销的能力。在这个人肉搜索的年代，他用自己的智慧和勇气，一步步坚持下来，也走出了与众不同的路。这样的年轻人，无论是他的胆略，还是他的眼光，都值得其他人效仿。

是的，这个世界上并没有不可成功的事，只要敢想敢做，并且脚踏实地地去实践自己的理想，一点一滴累积，一天一天坚持走下去，终究能走出属于自己的一片艳阳天。

逆风的地方，更适合飞翔

张军霞

那年，生活在巴黎的表哥约翰，一时心血来潮，跑到乡下来度暑假，背着一个大大的画夹。他对乡村的景色十分好奇，每天都会背着画夹外出写生，也总喜欢带上史蒂芬当向导。

当史蒂芬第一次看到约翰挥动画笔，把五彩的颜料像变魔术一样，很快变成了美丽的风景画时，他惊讶得目瞪口呆，感觉这一切是多么神奇呀！那天晚上，10岁的史蒂芬第一次品尝到了失眠的滋味。他整夜都睡不着觉，即使闭上眼睛，还是忘不了那些美丽的色彩。

第二天，史蒂芬鼓起勇气，向约翰请求道："我想学画画，你可以教我吗？"没想到，约翰头也不抬，用很不屑的语气说："得了吧，你以为谁都能学会画画吗？再说，就算我肯教，你买得起颜料吗？"

面对衣着光鲜的表哥，史蒂芬看看自己衣服上的补丁，再想想父母日夜的辛苦操劳，默默转身离开，他再也不敢对谁提画画的事情，眼睛里却时时燃烧着渴望的火焰，为此，他几乎茶饭不思，整个人变得病恹恹的。

安娜老师看出了史蒂芬的不快乐，当她了解到这个小男孩的心事时，把他叫到办公室，从办公桌的抽屉里，拿出一本摄影画册，指着其中的一张照片说："孩子，你一定认识信天翁吧？可你是否知道，它是世界上最善于滑翔的鸟类，越是逆风的天气，越适合信天翁飞翔，它会巧妙借助风的力量，让自己飞得很高很远……还有，你能想象到吗？这些照片的作者，是一个因为车祸失去双手的女孩。她的身体残疾了，却舍不得放弃心爱的摄影，反复练习用脚来操作照相机，不知吃了多少苦，终于拍摄出了这些美丽的照片。相比之下,你想要实现梦想,难道会比她更加困难吗……"史蒂芬反复翻看画册,若有所思。

那天晚上,家里忽然停电了,史蒂芬躺在黑暗中,脑海里全是那本画册中的风景,他在对作者钦佩之余,忽然明白了些什么。于是兴奋地起床,点燃蜡烛,想写一篇日记。几分钟之后,他终于写完了,抬起头来,却无意中发现,此时此刻,蜡烛的火焰,在一张厚纸板上面,留下了浓浓的黑烟。让史蒂芬惊讶的是,这些黑烟熏出来的形状非常奇怪,居然像极了一只飞翔的小鸟儿!

怀着强烈的好奇心,史蒂芬开始做起了实验,他拿着点燃的蜡烛,在房间里跑来跑去,直到瞌睡袭来,他才吹熄蜡烛,进入甜美的梦乡。第二天,史蒂芬睁开眼睛,简直被吓了一跳,房间的墙壁上,到处是用烟熏出来的痕迹,一团乱糟糟!

这时,母亲推开门进来,她显然被屋内的情形吓了一跳,皱着眉头不说话。史蒂芬只好指着一处墙壁,支支吾吾地问:"妈妈,您看它的形状,像不像我们的小狗皮特?"母亲愣了一下,忽然笑着说:"嗯,我看不错!"就是这句简单的鼓励,史蒂芬从此爱上了烟熏画。当然,他再也不会用雪白的墙壁做实验。

后来,史蒂芬大学毕业了,繁忙的工作并没有让他放弃对烟熏画的痴迷。他几乎放弃了所有的娱乐,一心一意从事烟熏画研究。他总是用点燃的蜡烛在塑料板或厚纸张上留下黑烟,再用特殊的工具进行加工,让每幅画作既保留烟灰自然、优美的纹路,又形成具体、形象的图案。整个画面,虽然只有简单的黑白色彩,却美轮美奂,让人印象深刻。

一次,史蒂芬将多张小幅作品组合到一起,居然创造出了更为惊艳的烟熏肖像画。他继续尝试,花费了整整一周的时间,用272张小型画作组合成了一幅自画像,生动形象,让人叹为观止。经过十余年的沉淀,史蒂芬的烟熏绘画已经达到了炉火纯青的地步,不仅由小幅画作拓展至大幅画作,也由黑白作品延伸至了彩色作品。

　　至于史蒂芬那位家境富裕的表哥约翰，早就不再拿画笔，当他得知史蒂芬已经举办过多次画展，他的作品总是被收藏者高价抢购时，自然羡慕不已。是的，史蒂芬没有任何得天独厚的条件，童年时连一盒颜料也买不起。幸运的是，他总是迎着坎坷行走，从不放弃自己的梦想。因为，他一直都记得安娜老师的提醒：逆风的地方，更适合飞翔。

最好的时光

张 莹

深秋的周末，阳光斜斜地洒在阳台上，慵懒地窝在椅子里，捧一本书，静谧。周围愈发显得干净，澄澈得透亮，而这，并不空旷，反而更显饱满了，饱满得让人心动。

那时候，是白衣衫、骑单车的年纪，青涩的笑容里，总是难以掩饰，一抹欣喜的小秘密。情书自然是不会寄出的，美丽的本里，一遍遍地写，一遍遍地默念。偶尔，在甬路上，有高高大大的身影，款款而来，躲在教室的角落，心，怦怦跳着，想，要是自己笑着迎上去，该多美！但终究，还是沉醉啊，沉醉在那种只有自己知道的喜欢里。

那种喜欢，是特别的，只独自到一个人，即使，流放到荒岛，亦是不孤独的吧。因为，那种清寂，是旖旎的，是可以在浮世里开出花来的啊！与漫山遍野的绿树红花相比，它更加的纯净，纯净得有些铺张，铺张得几近无色。接下来的时光流年里，总还是会有爱情的光，环绕着，一次次心动，一次次电闪雷鸣，一转身，却是繁华落尽，还是少年时，那欲说还休，惹得心悄悄地疼，却又是深深地欢喜的。想张爱玲写《小团圆》时候，已经七十三岁高龄，却还在写二十世纪四十年代沦陷的上海，一个小女孩细细密密的小心事。此刻，对于小女孩的心事而言，那种回忆的纯情更加动人吧。所谓情到浓时终转淡啊，在爱里，最好的时光，到底还是那时的纯净啊，成为最好的真情，终记一生。

长大一点，是激情飞扬，看什么都是，槁木萌芽，一片欣欣然。于是，坚定地游弋在每一个工作之间，把青春挥洒地恣意飞扬。即使落败了，也会甩飞眼角的泪，依旧如没落的贵族，在丽日阳光里，整装待发。哪怕是，走一步，是深渊，也要跳下去。就是死，也要试探到底。那时刻，内心，已经是寂然无色，纯净的如同秋天的天蓝，一尘不染。即使面对的是荒凉残酷的世界，也要奋力一搏，全心全意。看上去，这样的拼搏，似乎有些浪费，可是，这浪费是对的啊。漫漫人生，能有几个青春呢？

那个优雅淡定的杨澜，从少女时，就被指定是我们的榜样，这么多年来，她总是宠辱不惊地占据着我们的记忆，创造下一个又一个的奇迹，如莲绽放，清新美丽。可是，成功并不是永远在的。那年，她的"阳光"却没有如愿洒在她的身上。

为此，那时的她，每天要工作16个小时；怀孕了，还要坐在谈判桌上跟人谈判；即使外出旅行，脑子里想的还是解决问题的方法。那时候，压力、责任，成了她的主题。

她不肯承认失败，她无怨无悔超负荷的付出着。一个又一个的长夜过去，一个又一个的黎明迎来，她看不到属于她的黎明。终于，她在自己惊心动魄的思绪里看到了曙光，她决定放弃，决定重新开始。她的阳光卫视，成了她人生里第一次也是最大的一次挫败。而这，却成就了她更加完美的人生。

如今，说起当年的沼泽期，她的声音是平淡的，表情是坦然的："一个人适合做的事情很少，把自己的那几件事做好了，就足够了。"挫败不可怕，是"人生的必由之路"，经历了，奋斗了，就是最美好的。然后，整装待发，去努力做好下一个最好。她笑着，很真诚，也很坚持。

马云说，要用最好的时光来思考。思考的时候，是最专注、最纯粹的时候，这时候，才会最接近胜利的本质。毕竟，奋斗的花瓣，不总是闪耀着晶莹的露珠。与你而言，也许，就是那一个时刻，可以改变你的一切，可以丰盈你的人生。而这一刻，是你之前最无私地付出才结出的果啊！即便，是残留的果，也足以温暖余生。当锦瑟付流年，青春里最美好的时光，依旧是那种肆意的、旁无杂念的付出啊！杨澜，走了那么远，依旧喜欢单纯，单纯使她睿智,理性,而美好。

当只是感谢着光阴,满目翡翠的时候,人已老了。这时候的心,简单。简单到,一粥一饭,一花一枝,一笑一颦,都浸透着绵绵真情。这时候,看世界,都是透明的绝美,再也没有什么绫罗绸缎,你是我非,一切都是好的,都是干干净净地享受。一如杨绛翻译的英国兰德的诗歌:

我和谁也不争,

和谁争我也不屑;

我爱大自然,

其次是艺术;

我双手烤着,

生命之火取暖,

火萎了,

我也准备走了。

就是这样的,老去不可怕啊,一样可以着绣花的艳衣,唱清丽的曲子。

干净的东西总是让人心饱满的,这干净,是纯情,是奋斗,是平和,是坦荡,最终,都将成为最好的时光,浸染在生命里每一个时段,一路美好下去。

斜阳将我的身体浸染得缠缠绵绵的,这最美好的时光,干净、纯粹——此刻,我竟然一动也舍不得动了。

途中

周国华

雪山背后的夕阳正静静地下沉，而他的心却"突突"地直往上蹿。此刻，他面前站着一条愤怒的藏獒。

他知道，这是一种连恶狼也不敢骚扰的动物，可今天居然毫无缘由地对自己这个过客嘶吼，这让他无比悲愤又无奈。尽管双手紧攥着一根木棍为自己壮胆，但高原反应和无边的恐惧还是让他的腿肚子不听使唤地打晃。他想逃开，又怕这浑身野性的黑家伙追过来，一下子撕裂他那副瘦弱的身架。

不！绝不能退！僵持中，他不断为自己鼓劲。

藏獒暴躁的咆哮声犹如山谷里的劲风，一阵猛过一阵，盯着从藏獒嘴里喷出的一股股白气，他不由地打了个寒战。

藏獒显然看出了他的怯意，粗壮的前腿用力往后蹬地，弯起背脊，宛如一张蓄势待发的弓。他知道藏獒即将发起进攻，手中木棍不由地颤动了一下。

一场实力悬殊的对决即将展开。

突然，在他和藏獒之间出现了一个藏族老人。

老人对着藏獒不停地说着什么，语气时而热切，时而轻柔，就像跟老熟人唠嗑般随意。藏獒慢慢立直身子，竟歪着头认真听了起来。片刻之后，藏獒安静下来。

老人走到他跟前，一把夺下他手中的木棍，丢向远处，冲藏獒摊摊手，随即一把拽住他，头也不回地往前走去。

他满脸疑惑地不时回头，只见藏獒往前跟了几步，在他原先站的地方停下后竟然坐了下来，再也不动，直到缩小成一个黑点。

帐篷里，老人边递给他糌粑边操着生硬的普通话问：你是汉人吧？

哇呀哇呀——他一把接过糌粑就往嘴里塞。

原来是哑巴，唉，别噎着，可怜的孩子，用酥油茶蘸着吃，好入肚。老人叹着气递给他一壶酥油茶，又取出几个糌粑放在他面前，自己也拿了一个一边吃一边打着手势说，你知道为啥藏獒对你那么凶吗？

他止住咀嚼。

老人缓缓说道：藏獒看上去凶，其实是通人性的，我们倚仗它来保护羊群。你要是不接近它保护的那块地，它是绝不会跟你过不去的。可你呢，刚才还操个棒子。

他眨巴着眼若有所思。

老人絮絮叨叨说着自己的事，也不管他是不是听懂。老人是磕长头去拉萨的，估计还要好几个月才能到达。末了，老人爱怜地望着衣衫褴褛的他说道：孩子，我看你好像也没地方去，帮我拉车吧，至少饿不着你。

帐篷里，老人的打呼声一浪高过一浪，可他却一夜没睡着。

第二天，他穿上了老人给的一件旧藏袍，戴着油腻的口罩，拉着那辆带篷的旧人力车，一路紧随着老人，一个身位接着一个身位地往前挪动。

第三天起，当夜幕降临时，他总能赶在前面支好帐篷，烧好开水，默默地搀起磕完长头的老人，替他把这一天的终点用碎石块垒起做记号。闲暇时，他老是盯着前方发呆。

他的到来，为老人省去了一半的路程，却过早地耗尽了车上的干粮。第四个月的一个傍晚，老人领着他到路边的藏民家里乞讨，藏民热情地送给他们食物。从那以后，每回当老人快到达目的地的时候，他都已准备好食物托着下巴坐在山石上，目光越过老人的身子茫然投向远方。

拉萨越来越近了。这一天的白天似乎结束得特别早，近在头顶的乌云盘旋在光秃秃的山头周围。他在山坳的背风处刚支起帐篷，雨就倾泻下来。

他一路小跑焦急地寻找老人，老人迎面拼命跑来。

卧倒——老人抢步上前扑倒他的一刹那，山上被雨水冲塌的乱石轰然滚落……

老爷爷——他积郁了许久的哭喊声直击灰厚的云层。

帐篷里，他为老人敷上藏药，老人慢慢苏醒过来。

老爷爷，您这是何苦啊，为了我这个没用的罪人！他泪流满面。

别傻了，孩子，救人是积德的事，我真要是在磕长头的路上被佛祖接去，那也是福分哪。老人微微抬起身子，额头的皱纹和硬币大小的厚茧凹凸有致，却盈满笑意。

可我真的有罪啊！两年前为了哥们儿义气，在老家捅伤了人……我没命地跑，往最远处，向最高处……

打一开始，我就琢磨着你肯定有说不出的难处，老人沉身说，唉，也是有缘哪，我年轻时去过很多地方，也做了不少错事，现在想来，真是罪孽啊！这一路，我是为来世祈福。可你，还年轻啊——

老爷爷，我懂了，等陪你到了拉萨，我就去自首。他开心地笑了，两年来，这是他头一次笑。

糊涂啊！老人意味深长地说，你们汉人不是说"回头是岸"吗？你醒了，难道还要去苦海吗？

可是……他犹豫着说，这一路谁来照顾您？

傻孩子，你不回去才是我最大的负担哪，老人撑起身子下床，不容置疑地说，明天就回去！

这一夜，他的呼噜声第一次比老人先响起，只是他不知道，老人的打呼声其实是假装的。

一场雪下来，原本灰蒙蒙的群山披上了银装，在清晨暖阳的抚摸下，粗犷的汉子一夜间变得沉静，如身后静美的山峦。

他最后一次拉车到前面停下，支好帐篷，回到老人面前。

扎西德勒！一老一少紧紧拥抱在一起。

他走在山路上,身后响起了老人激越苍凉的歌声,听不懂歌词,他却哭了,哭得酣畅淋漓。他回过头来,山口只有经幡向他挥动五色的手指。

山的那一边,老人正默念六字真言,跪地,伏身,向远方神色庄重地磕下长头。

春天里最美的风景

王国军

　　我是在茶楼遇到他的，他提着一个公文包，几缕稀疏的山羊胡在人潮中格外显眼。我曾做过多年老年报记者，这样的男人是我每天关注的对象。好奇心驱使下，我决定不急不慢地跟着他，他在一条街的拐弯处停下，朝路边的几个小贩友好地笑笑，然后转身走进了一家饭店。饭店不大，里面稀稀落落地摆着几张桌子。等他再出来的时候，已经换上了厨师的服装。

　　我很惊讶，因为这个店里至今没有一位客人，可他却紧张地忙碌着，洗菜，切菜，像是在等一位重要的客人。

　　我缓步走了进去，他盯了我一眼，有点惊讶地问，吃饭？然后笑了，现在还早呢。

　　我跟着笑，我跟他攀谈起来，他告诉我，他在街那边还有家茶馆，过段日子就会把这家饭店转让。

　　其实都已经谈妥了，他转过头来说，只是有件事我还割舍不下，所以一直拖到现在。

　　他准备炒菜的时候，有一个拖着一个麻布袋的小男生从远处朝这边走来，我看见男人的脸上马上露出笑意来，莫非这就是他要等的贵客？

　　小男孩把装满空瓶子的麻布袋放在一边，然后快乐地说，叔叔，我要和昨天一样的菜。

　　男人示意小男孩坐一会儿，小男孩的眼睛左顾右盼，看得出，这是一个聪明活泼的孩子。

　　男孩从身上摸出一张皱巴巴的人民币，男孩说，妈妈说的，这是给您的医药费。

是张十元的人民币。男人的眉头顿时打结，男人说，不是说好了，拿瓶子抵押的么。

男孩抿嘴说，妈妈说，那还不够。她只想不欠您太多。

我去厕所的时候，看见后面几个人在小声议论着，一个说，看，又来吃白食的了，真搞不通，余老板心肠咋这么好？另一个说，我看这小孩斯斯文文的，打扮得也不像穷苦人家的孩子，怎么就干些骗吃骗喝的勾当。

回来时，我终于忍不住，坐在了小男孩的旁边。我说，你妈妈病得重吗？

男孩低下头，是的。很重，咳嗽，有时还吐血。

那你爸爸怎么不送她去医院呢。我看了看男孩，他洗得一尘不染的白衬衫，在阳光下闪闪发光。

男孩的声音有点低沉，我爸爸不在了，妈妈说他去了远方，不会再回来了。

我的心一紧，我说，你知道你妈妈得的是什么病不？

男孩摇摇头，妈妈说，她得的只是感冒，吃点药就好了。

大概多久了？我继续问。

男孩平静地说，两个月了吧。我想让妈妈的病早些好起来，这样她就能继续教我读书写字了。

所以你每天都在拣废品，赚点钱只是想让妈妈吃好点，早点好起来。

男孩点点头。其实我什么都干过，做过砖工，卖过报纸，也进过工厂。男孩感激地望了望正在炒菜的男人，接着说，叔叔说他有个朋友开废品店，所以他让我拣点废品来，挣的钱就给妈妈买药。

过了一会，男人把菜都炒好了，男人找了个保温瓶，盛好，摆在男孩的面前。

男孩起身说，叔叔我给你钱。他朝身上窸窸窣窣地摸着，不一会就摸出一把零碎的钞票来。

男人微笑着，从中间拿起一枚一角的硬币，男人说，一枚，一枚就够了。

男孩说谢谢，把钱收好了，提着保温瓶，男孩又说，那叔叔我明天还可以来吗？

当然要来。男人说，明天我让医生陪你去看看。这样你妈妈就能快点好起来。

大概是心疼家里的母亲，男孩快步朝前走。走到拐弯处的时候，男孩回头朝我们挥挥手。

我看见，男人的脸上垂下一滴泪。

真是个苦命的孩子。男人说，没了父亲，母亲又病了，在这个城市里无依无靠。可是有什么办法呢，我能帮的也就这点。

我突然叹了口气。

男人又说，我知道他们不会白受我的恩惠，所以我只能采取这种方式来帮助他们，你看。透过男人指的方向，我看见另一间房子堆满了男孩捡来的废品。

所以你一直不肯转让饭店，为的就是这个孩子？

是的。我答应过自己，男人最后说，只要能帮助他们一天，我就会来这里一天。哪怕，哪怕，只有他一个顾客，我也会坚持。

男人走的时候，一个斜斜的影子映在我的心里，我知道，这是我整个春天里见到的最美的风景。

第三辑

人生是只琉璃碗

　　世间本无所谓对错，我们不过是织成一匹绸缎的一根根细丝，站在自身的角度看出去，无非是纵横交错，深沟险壑；若站远些，再站远些，再站远些，如神，如佛，看到的，便是一匹绣金绣银的明绸丽缎；每一个场景的发生都不是偶然，每一个人的出生与死亡都有迹可遁，每一个意外都是意料之中，即使在最肮脏血污的地方，都有佛光闪耀。

她的温暖，从不曾离开

王国民

一

她对母亲一直是有怨言的，母亲是典型的坨坨妹，一米五的个子，还很胖，脸上长满了雀斑，脾气也很差。而她，最要命的是，继承了母亲的缺点，一块遮盖半边脸的雀斑，都小学六年级了，还是班上最矮的。集合时，永远站在第一个，排座位，永远坐在黑板下面，同学们给她取了个难听的外号"东施"，她走到哪，迎接她的都是嘲笑和议论。

这样的屈辱，自她有记忆起就开始伴随着，她害怕去人多的地方，害怕和人说话，甚至她一听到别人笑，就会认为是在嘲笑自己。内心里，她把这些怨恨都转嫁到了母亲身上，如果母亲高一点，漂亮一点，她就不会这么矮，就不会有雀斑，出去也不会这么丢人，更不可能成为别人的笑料。

她也不给母亲好脸色，稍不满意，就怒骂母亲，说，没见过你这么笨的人，又说，我很烦，别给我添乱。儿童节，母亲想喊她一起逛街，她脱口而出：两个皮球，在街上滚来滚去，你不嫌丢人，我还嫌丢人呢。

母亲愣住了，转过头去，微胖的身体颤抖着，半晌，才默默地走开。后来，从父亲那里知道，母亲原本是打算给她买几件漂亮的衣服，她没有半点感激，她说过的一句最狠的话是，真是瞎了眼，出生在你这样的家里。

那个笨拙的母亲，是她见过最蠢的女人，菜炒得难吃，做事又慢又拖拉，织一件毛衣还要花半年，出去办事，经常被邻居指责。只是很奇怪，父亲对母亲，从来都是细言细语的。他的爱，像大海，包围着这个家。

二

十五岁，她学会了逃课，跟着一群混混出没在网吧，涂着大红嘴，叼着一支烟，肥臀在阳光下扭来扭去。那一次，她正和几个小混混去玩，在路口遇到了班主任和母亲，母亲气势汹汹地跑过来，一把夺下她嘴中的香烟，一个巴掌抡过去，"好的不学，就学坏的！"几个混混想过来，但被母亲瞪得如牛眼的气势吓坏，落荒而逃。

母亲揪着她的辫子回家，她疼得大喊，你这个恶女人，我究竟做错了什么，把我生得这么丑，这么矮，现在你又来管我的私生活，你是不是想让我死了，你才能安心。

母亲的脸一下子变得煞白，却没有多说话，拽着她回了家，她想，这辈子她完了，活在这样的家里。

之后，没有混混敢再来找她，她也收敛了，安安静静地读书，高考后，她填了一所很远的学校，她只想离这个和她水火不容的女人远远的，越远越好。

大学几年，她很少回家，并非不想，只是怕面对那个被她深深伤害过的老母亲，在外越久，她对母亲的怨恨也就越淡，有时她想，母亲也许白了头发，不知道她做事的效率是否高了些，做的菜，虽然难吃，但那里面洋溢的是家的味道啊。

有一次，和父亲聊天，不经意间提起母亲做的腊肉，一周后，她就收到了一个包裹，里面全部是母亲做的干菜，腊鱼、腊肉、辣萝卜、白辣椒……听父亲说，母亲现在唯一的嗜好就是给她做干菜，颜色虽然不好看，也有点咸，可是她吃着，却感觉到阵阵温暖。

三

大学毕业后,她就近找了份工作,母亲也并没有反对,只是带了个信来,说混得不好就回去,家永远都是她的家。

不久后,她恋爱了,结婚了。母亲来看过她一次,拉着男人的手,嘱咐他一定要让她幸福。只是她并没有得到应有的幸福,两年后,男人在外面找了个有钱的女人,无情地把她抛弃了。

她哭得死去活来,一时想不开,就吞了瓶安眠药,昏迷中,她拨通了母亲的电话,等她醒来时,已经在医院里,一脸憔悴的母亲,正小心地把煲好的粥,一口一口喂进她的嘴里,她喊了声"妈妈",泪水就忍不住流了下来。母亲抱着她说,孩子啊,以后不要再做什么傻事了,你出了什么事,可叫我怎么活。

她这才知道,母亲是坐飞机过来的,一个从没有出过远门,连坐汽车都要晕车的人,千里迢迢来到这座陌生的城市,那份艰辛不是常人所能想象的。

母亲说,回去吧,找不到工作,我就养你。拽着她的手,就像当年,母亲在街口拽着她的手回家一样。

母亲在县城里找了间房子,母女俩一起住,母亲天天给她做饭,味道还是和当年一样难吃,可是她却莫名地喜欢上了,一天吃不到母亲做的饭,她心里就不舒服。

后来,她找了份在报社的工作。再后来,母亲就开始张罗着给她相亲,她也乐呵呵地去见,她知道,母亲是不可能害她的。

见了一个老实本分的男人后,母亲说,就是他了。她转过头,眼睛睁得大大,为什么呢?

母亲认真地说,因为,就和你父亲一个模子出来的,老实、踏实、安分。她就拉着母亲的手,笑。

结婚那天，当着所有的人的面，母亲郑重地把她的手放在他的手里，我就这么一个女儿，她任性，脾气也不好，你一定要好好待她，要不，我拼了老命，也会找你麻烦。

她低着头听着，泪水却止不住地流。

四

父亲去世的那天晚上，父亲拉着她的手，颤抖地说，知道我为什么会这么宠着你母亲吗？她虽不漂亮，但却是天底下最善良的女人。当年，我父母双亡后，到处乞讨，是你母亲收留了我，就这样我在她家住了下来。记得小时候，你刚生下来，她看见你脸上的雀斑，还特别兴奋地说，说你继承了她的全部，她的善良、她的大度……她人虽然是笨了点，可村里人哪个不说，你母亲有一颗菩萨心肠啊。我知道，你以前对她有深深的芥蒂，可都是血肉相连，哪有解不开的结，我走了，你们要好好相依为命啊。

她望着母亲，也不说话，把那又矮又丑又胖的女人抱了过来，双手紧紧地握在一起，她用这个有力的动作，向父亲承诺，不管是现在，还是将来，她们都会相依在一起，形影不离。只因，她是她唯一的母亲。

林湘芸的白芽伯亚

海清涓

一

林湘芸是我母亲,是郑家村公认的美人胚子。

林湘芸写得一手好字,还有一副金嗓子,歌声清脆悦耳,学鸟叫猫叫简直惟妙惟肖。

只是,林湘芸是个疯子,一年三百六十五天,没有几天正常。走到哪里不是哭哭啼啼,就是嘻嘻哈哈,再不就是反复唱白芽伯亚、白芽伯亚,这些天书似的独创歌词。

二

林湘芸19岁那年,嫁给了34岁的父亲。

林湘芸以前不疯,生下我后,不知怎么就疯了。

听说,林湘芸生下我,看到我时眼睛都直了,神经突然短了路,嘴里不停地说长大,长大,我生了一个长大。

父亲吓了一跳,但见到我,又高兴了起来,花钱请有学问的人给我取名叫郑常冲。

林湘芸疯了,谁也不认识,谁的话也不听。一会儿倒掉红酒蛋,一会儿说要把我扔到大河里去,不肯给我喂奶。

看到饿得哇哇大哭的我，父亲没办法，只好用绳子绑住林湘芸，强灌她吃东西，坐在床边抱着我一口一口地吃奶。

我吃奶的时候，林湘芸变得温柔起来，泪水滚滚，一声一声地喊：长大，长大，要长大。

三

我两岁后，林湘芸的疯病时好时坏。

正常的林湘芸，会帮着家里做事，甚至还会教我唱歌、背古诗。

疯了的林湘芸，只会哭闹乱跑，唱白芽伯亚、白芽伯亚。

村里人从来不叫林湘芸的名字，大人小孩都是喊她林疯子。

林湘芸分不清长幼尊卑，跟着村里的长辈叫奶奶郑四婆，跟着村里的小辈叫父亲郑哥哥。

林湘芸常做笨事，常被奶奶打骂。后来，林湘芸做的坏事多了，父亲也开始打骂她。再后来，父亲不叫林湘芸林湘芸了，而是直接跟着村里人喊她林疯子。

林湘芸经常忘记自己是谁，但是她记得白芽伯亚，她记得我是她的长大。

每天放学，林湘芸都会到村口来接我，有时还给我一个番茄，有时给我一根甘蔗。

小时候，我曾经依恋过林湘芸，在她怀里撒娇地叫妈妈。大些了，我直呼林湘芸的名字，还经常不理睬林湘芸。不过，如果实在饿了，我就一把抢过她手上的东西，一边跑一边吃。

四

因为有林湘芸这样一个疯娘，我从小就被人看不起，我从小就自卑孤僻。

我打心底里讨厌林湘芸。我不明白，精明的父亲怎么会娶了林湘芸这样一个好看不中用的疯女人。

我最受不了林湘芸一天到晚白芽伯亚、白芽伯亚的唱。一听到林湘芸唱歌，村里的小孩子就拍手欢迎：林疯子，白芽伯亚，唱得好，再唱一个。

林湘芸兴奋地唱着笑着，时不时还学着小孩子们摆腰肢、扭屁股。

林湘芸偷别人鸡窝里的鸡蛋，抢小孩子手中的糖果。有人来告状，林湘芸就要被奶奶打骂：林疯子，你再乱来，我把你关起来。

林湘芸呢，嘻嘻一笑，一副不以为然的样子。

林湘芸偷到好吃东西，总要给我留一半，说长大吃，吃了长大。

我才不领她的那股子疯情，接过来就扔到地上，还附上一句：脏死了，我不吃，你偷东西，奶奶和爸爸又要打你。

林湘芸唱着白芽伯亚、白芽伯亚，一下就跑得没踪影。

五

奶奶和父亲每次打林湘芸，我都在一旁幸灾乐祸地笑。我巴不得他们下手重点，把林湘芸打死了，父亲就可以重新找个正常女人回来，我们家就跟别人家平等了。

有一回，我跟村里的吴三娃闹矛盾。吴三娃为了报复我，就让林湘芸喊郑常冲是她爷爷。林湘芸一连大声地喊了三次：郑常冲是我爷爷，郑常冲是我爷爷，郑常冲是我爷爷。

郑常冲，听到没有，林疯子说你是她的爷爷。吴三娃和一群孩子大声起哄，用手指着我，笑得上气不接下气。

我气得差一点吐血。冲上去跟吴三娃打了个天昏地暗。

林湘芸在一边拍手欢唱：白芽伯亚，白芽伯亚。

我和吴三娃被各自的家长背回去，父亲用木棒打了林湘芸一顿。

事后，奶奶看到林湘芸身上的累累伤痕，不忍心地说父亲，她再疯也是你床上的女人，也为你生了个儿子，你下手也太狠了。

父亲神情复杂地看了我一眼，没有说话。

林湘芸在床上小声地唱：白芽伯亚，白芽伯亚……

疯子，你怎么疯不死呀。我不禁用双手紧紧捂住了耳朵。

六

我恨老天不公平，别人都有一个正常的母亲，为什么我没有。

中考的时候，我们乡村学生统一到城里去考试。

林湘芸见不到我，大哭大闹，在村里到处乱跑，喊着长大长大，唱着白芽伯亚、白芽伯亚。害得父亲跟着她折腾了整整一夜。

林湘芸越来越疯，不光乱骂人乱打人，还光着身子往村口跑。

父亲打得再狠，林湘芸也要往村口跑。没办法，父亲只好用绳子把林湘芸五花大绑起来。

林湘芸不能动弹，就高声喊长大，大声唱白芽伯亚。

我考试完回家，奶奶和父亲忙着给我弄好吃的。

林湘芸被绑在床上，眼泪滚滚地望着我，惊喜地叫着唱着：长大，长大了，白芽伯亚，白芽伯亚。

林湘芸瘦了许多，我有些同情林湘芸。我对父亲说，把她送到医院医一下。

父亲摇摇头，送疯人院一个月好几千，她这种病是治不好的。再说，我的钱是存着给你读书的。

七

高中三年，我只有寒暑假才回家。

每次回家,林湘芸都站在村口。

奶奶说,林疯子天天都站在村口,唱白芽伯亚、白芽伯亚,说长大,长大了。

村里人都说林疯子,认不到天,认不到地,认不到自己的男人,但是认得到她的儿子长大。

我也知道,林湘芸是喜欢我的。可是,她是疯子,我不稀罕一个疯子的喜欢。

看见我时,林湘芸欢天喜地。又是唱又是跳:白芽伯亚、白芽伯亚。然后给我一个脏糊糊的番茄或者红苕。

我懒得理林湘芸,没好气地瞪她一眼,快步向前面走。

林湘芸嘻嘻哈哈,像个小孩子一样跟在我后面:长大,长大了。

八

上大学的第三年,我回家,林湘芸没有在村口等我。

走进家门,我问父亲,她呢。

父亲叹息着说,十天前,她不见了,我估计,她可能是去找你了。

她找我,她疯疯癫癫的,连我的名字也不知道,她怎么找得到我? 我急了,要跑出家门找林湘芸。

父亲拉住我的手,说,没用的,村子里能找的地方,我都找遍了,也没有见到她。

她有疯病,你怎么不把她看好,你怎么不把她绑起来? 我责怪起父亲来。

父亲把头深深地埋在双膝间,不住地说:我没有看好她,是我害了她,是我害了她。

我从来没有这样牵挂过林湘芸,我泪眼蒙眬,一口气跑到村口,使劲捶打自己的身体。

我在报纸上、电视上、网络上刊登寻人启事，寻找林湘芸的下落。

九

一周后，我接到一个外地女人的电话。

她在电话里说她知道林湘芸以前的情况，说林湘芸是她的高中同学，跟一个姓白的男生相恋，怀上孩子，被父母赶出家门。林湘芸找到姓白的，姓白的不愿意负责。林湘芸气得投河自尽，被一个四川农民救起……

第二天，我对父亲说了女人给我打电话这件事。

父亲沉默了好久，说："是的，当年我正好路过救了她，她在走投无路的情况下嫁给了我，我带她回了资中。"

只是，想不到，生下我时，林湘芸发现我太像姓白的了。爱恨交织中，林湘芸虚弱的神经彻底崩溃了。

林湘芸，可怜的林湘芸。我的心疼得很厉害，泪不可抑制地流了下来。

我一下理解了林湘芸的疯。

一次真爱就是一次生死，林湘芸在用她的整个生命爱那个姓白的。林湘芸为姓白的轻生，为姓白的疯狂。

一年多时间里，我和父亲疯了一般，到处寻找林湘芸。

可是，林湘芸像在地球上消失了一样，没有一点消息。

十

大学毕业后，我没有像其他同学那样留在城里发展，而是选择了回到资中，回到郑家村。

我当选为郑家村的村主任，郑家村是我生长的地方，郑家村对我恩重如山。我要回报郑家村，我要用学到的知识引导村里人用科技致富。

每天忙完村里的工作，我都要站到村口张望。因为，我怕林湘芸哪天突然回来,见不到我转身又走了。

十一

我 25 岁生日那天,家里来了许多客人,我领着女朋友小菲一桌一桌向客人敬酒。

白芽伯亚,白芽伯亚,一阵熟悉的歌声从村口传来。

我扔下酒杯,不顾一切向村口冲去。

警车旁边,消瘦苍白的林湘芸唱着笑着,一步一步向我走来。

妈妈! 我伸出手,紧紧抱住林湘芸。泪,如村子尽头的小河,放肆奔流。

林湘芸左手摸我的胸,笑说:长大,长大了。林湘芸右手摸我的背,唱:白芽伯亚,白芽伯亚。

那一瞬,我觉得林湘芸唱的白芽伯亚,是世界上最最动人的歌。

姐姐

海清涓

一

相交两年,我正式向女友幽兰求婚。幽兰看着我手中的玫瑰花和白金戒指,没有点头同意,也没有摇头拒绝,只是笑着把我带到了她的家中。

幽兰的父母像刚认识一般,把我从上到下仔细打量了一番,很客气地招呼我坐下。吃了晚饭,幽兰的父母对我说,时俊,你跟兰兰交往了这么久,你们俩结婚,我们没有意见,不过,结婚的时候,你一定要在城里买一套小区房。

在城里买套住房,我也有这种打算,但不是现在。幽兰父母的要求,对别人也许很简单,可是对于我,就比登天还难。

我跟幽兰一样,是从农村出来的大学生,我家的条件比幽兰家的条件要差。父亲前几年去世,母亲独自在乡下生活。为了每月能够准时给母亲寄生活费,我穷得连烟都戒了。

从幽兰家回来,我的脑子昏昏沉沉的,请了几天假,鼓起勇气回故乡跟同学朋友借钱。东拼西凑,交住房的首付还差了一万八千元,母亲叫我找小妮子借钱。回到城里,我跑到小妮子家,叫她借一万八千元钱给我。

小妮子吞吞吐吐地说,时俊,我没有那么多钱,我最近自费出了两本书,手上只有五千元钱了。

什么? 才五千? 我不要,你这个小气鬼! 我气得当场把小妮子骂哭了,然后怒气冲冲地破门而出。

二

小妮子是谁？小妮子是父母的第三个女儿，比我大两岁多。

我排行老四，头上有三个姐姐。我是家中唯一的男孩，我的降生，让父母和家人欣喜若狂，大姐二姐逢人便说，我妈妈也生了个弟弟。可是，父母并没有因为我是男孩而特别娇纵和宠爱。为什么？讨厌的小妮子骑在我的头上呀，小妮子把父母对我的娇纵和宠爱全都抢到她的身上去了。

我一岁半的时候，刚学会说话，母亲依着次序教我喊三个姐姐。大姐二姐我都亲亲热热地喊了，轮到喊小妮子，我怎么也不愿意喊她三姐。而是学着父母和大姐二姐的样子，喊了她一声，小妮子。"我不喜欢你叫我小妮子。"小妮子不高兴，嘟着嘴巴到一边去了。这件事，大姐二姐一直当笑话来说。

我六岁生日不久，父母出工，两个姐姐上学还没有回家，家中只有我和小妮子在。小妮子做完作业，我们俩在院子里玩捉迷藏的游戏。玩了一会儿，我们为了一只小麻雀吵起来了。我抓住不会飞的小麻雀想扔进水沟里，小妮子不准，骂我坏家伙、黑心肠。我不甘示弱，骂小妮子瘦豆芽，嫁不脱。

母亲收工刚巧听到，扯起我的耳朵说我骂姐姐不对。我委屈地分辩，小妮子也骂了我。母亲居然说，姐姐可以这样骂弟弟，但是弟弟不能这样骂姐姐。我一跺脚，她才不是我的姐姐，小妮子，小气鬼。

三

父亲闲着的时候，喜欢给我们讲传奇故事。父亲一边讲故事，一边为我们掏耳朵。父亲给我和小妮子掏耳朵的时间和方式是不同的。父亲给我掏耳朵，我坐不稳，手脚乱动，父亲掏得又快又重，还微微皱起眉头。

父亲给小妮子掏耳朵，小妮子安安静静地把头枕在父亲的双膝上，紧紧闭着眼睛，父亲轻轻慢慢地一下一下地掏，生怕一不小心弄痛了小妮子。我在一旁醋意十足，我在心里反复问自己，我哪里不如小妮子了？我是男孩子，我是父母唯一的儿子，父母为什么更喜爱小妮子？

我吃东西快，家里吃肉，母亲总要大声斥责我，叫我慢慢吃。小妮子吃东西慢，母亲总是不停地往她碗里夹肉。我吃完了，就去夹小妮子碗里的肉，小妮子当然不干，同我抢夺起肉来。小妮子抢赢了平安无事，小妮子要是抢输了，就是一阵伤心的哭泣。接下来，就是父亲用眼睛瞪我，母亲对我一顿好骂。

我个子长得快，我穿的衣服又短又小了，母亲不给我换新的，尽叫我捡小妮子的旧衣服穿。小妮子呢，总是穿得花花绿绿、漂漂亮亮，像只花蝴蝶在院子里跑来跑去。我说母亲偏心眼，母亲说手心手背都是肉，我对你们的爱是一样多的，小妮子是女孩子，女孩子穿漂亮点好看，还有女孩子也比男孩子讲卫生。

四

在父母面前，我不敢对小妮子怎么样。只要父母一离开，我就要找机会整治小妮子。

往小妮子的新衣服上抹稀泥，往小妮子床上放大蜘蛛，放小青虫，偷偷用剪刀剪小妮子的发梢，在小妮子的作文本上乱画一气，趁小妮子站起来，端掉她的凳子，这些都是家常便饭。

小妮子力气小，打架不是我的对手，被我捉弄后，只有在大姐二姐面前哭鼻子的份儿，大姐二姐就向父母告状。父亲最见不得小妮子哭了，小妮子一哭，父亲就冲我吹胡子瞪眼睛：时俊，你这个坏小子，不准欺负我的小妮子！再欺负小妮子，我打断你的腿！那口气那眼神，好像我是他在路边捡来的野小子，不是他的亲生骨肉。

为了让我改口叫小妮子姐姐，亲朋好友劝了我很多次，母亲骂了我很多次，父亲打了我很多次。可我就是改不了口，偏要叫她小妮子。慢慢地，父母习惯了，小妮子习惯了，大家都习惯了，也就任由我小妮子小妮子地叫。

在小妮子长小妮子短的叫声中，我长得比小妮子高出了大半个头。小妮子在乡广播站当通讯员了，我还是不客气地叫她小妮子。高中同学到家中玩，见我叫小妮子端茶倒水，便问，时俊，小妮子是你的妹妹？我不屑地笑笑，也不解释。于是，同学都知道我家有个漂亮的妹妹乳名叫小妮子。

小妮子结婚后，离开故乡到城里定居。父母很是舍不得，母亲常常独自掉泪，吃饭总要多拿一套碗筷。我倒认为，小妮子嫁了人，家中还落个清静。因为小妮子不在家，父母就可以全心全意爱我一个人了。除了有事在 QQ 上留个言，我和小妮子基本上没有什么来往。

五

父亲病逝后，我大学毕业，来到小妮子生活的城市打工。我本来可以到别的城市去，可母亲说有亲人多个照应。

说什么照应，比朋友都不如。小妮子不肯借钱给我，买房子的事，只好"流产"了。幽兰听信她父母的话，找了个有钱有房的男人，跟我分了手，我恨透了小妮子。这次失恋，给我的打击很大，我不再好好工作，几乎天天借酒消愁。

从此以后，我不再理睬小妮子。小妮子给我打电话，我不接，小妮子给我 QQ 留言，我删除。在街上迎面走过，小妮子笑着喊："时俊！"我也满面阴云，掉头就走。

不久后的一天，我在网上认识了一个叫意可的女孩。谈人生，谈事业，谈亲情，谈爱情，我们谈得很投机。等到见面的时候，居然发现我们俩生活在同一座城市。

接下来，我和意可的爱情，从虚幻的网络上转到了现实的生活里。

意可是个温柔又不失大方的现代女孩,意可用她的真爱,一点一点疗好了我受伤的心。

后来,我和意可各自借了一些钱,在城里买了套按揭的小区房,还把母亲接到城里来同住。

跟意可结婚那天,家里来了很多亲友。小妮子一家三口也来祝贺。几个月不注意,小妮子消瘦了很多,我有些幸灾乐祸,装着招呼别的客人,没有理睬小妮子一家人。

小妮子不顾我对她的冷漠,低头教儿子喊我舅舅。看到长得跟小妮一个模样的小外甥,我的心一软,忍不住弯腰抱起小外甥,在他的小脸上亲了又亲。

六

时俊,我们的相识,还要感谢你三姐,几个月前,我去买她的书,她把你的QQ号给了我。进了洞房,意可对脱掉外套的我说。

什么?我一脸疑云,不相信地望着意可。

真的,我不骗你,我们买房子的三万元钱,也是三姐借给的。意可笑了笑,接着对我说。

小妮子哪来那么多钱?我依旧不相信,大声问意可。

三姐没日没夜两个月写出了十五个剧本,一个剧本两千元钱稿费,加起来刚好三万元钱。

我呆了呆,赶紧穿好外套,风一般冲出房门。

谢谢三姐。二十八年来,我第一次叫小妮子姐姐。

"不用,我是姐姐,你是弟弟。"拉着我的手,小妮子眼里满是泪水。那一颗颗憔悴的泪珠,洋溢着巨大的惊喜。

被我们设计的孩子

孙道荣

朋友聚会，话题不知不觉，又扯到了孩子身上。我们这个年龄，有的孩子还在上学，有的已经工作了。

说到孩子，老张重重地叹了口气。他的儿子去年大学毕业了，至今还没有找到工作，就在家无所事事地待着。不是没有单位要，是他自己不肯去啊。老张愁眉苦脸地说，早在儿子读大学的时候，他就四处托人，为儿子联系好了一家事业单位，笔试和面试也总算通过了，儿子却不知道哪根筋出了问题，死活不肯去报到上班。

在老张看来，那家事业单位，虽然薪酬不太高，但是，上班的环境好，压力也不大，收入稳定，基本上也算是捧个铁饭碗了。老张这辈子不太顺利，大学毕业后，进了国企，后来企业倒闭了，下岗了，现在，在一家私企打工，年过半百了，还得看老板的脸色。而老张那些进了机关事业单位工作的同学，大多有了一官半职，最不济的也是个主任科员，旱涝保收，衣食无忧。体制内和体制外，那可是天壤之别啊。老张对此深有感触。因此，他特别希望自己的儿子能够进入体制内，这些年，他把所有的人生希望都寄托在儿子身上了。按照他的计划，儿子先进这家事业单位上班，骑马找马，以后有机会了，再参加公务员考试，争取进入机关工作；然后，再努力个三五年，混个科长主任一类的一官半职，这辈子就不用担心了。

儿子却不肯买他的账，对老张描绘的人生蓝图，一点也不感兴趣，他的想法是，自己开个网店，然后，用赚来的钱云游世界！老张对儿子的这个念头，嗤之以鼻。开网店，那还要读什么书，上什么大学？中学一念完，就可以去开了嘛。

儿子有自己的人生规划，老张有老张的计划，水火不容，父子俩就这么僵持着。

老张的一番话，触动了大家的神经，你一言，我一语，话题就围绕孩子，热烈展开，真的是家家都有一本难念的经。

一位朋友感慨道，其实，问题的根本在于，我们都好心好意地替孩子设计了人生，而孩子未必乐意按照我们的设计去做。这就是矛盾所在。

大家一下子安静了下来。仔细对照一下，还真的是这样。

孩子刚牙牙学语，还在读幼儿园的时候，我们就开始图谋他的一生了。学琴、练字、绘画、舞蹈、唱歌、打球，各种所谓的兴趣班中，有多少父母是怀着一颗高尚的心，梦想着孩子将来成为音乐家、画家、歌星而去的？每一个父母，都像个伯乐一样，努力从自己的孩子身上寻找天赋异秉，加以锤炼锻造。谁会在意一个琴童、画童、球童内心痛苦而无奈的真实感受呢？

及至孩子到了十来岁，忽然惊觉，大多数的孩子真的没有什么超常异秉，童星的梦想就此破灭，父母们又赶紧替孩子设计一个新的未来，好好读书，将来考一个好大学。于是，各种补习班面前，又多了一个个不知疲倦的身影。我所接触的很多家长，在孩子高中阶段选择文理科时，都会与孩子爆发一场冲突，不少父母会按照自己的人生经验为孩子选科。特别是考大学填报志愿时，父母都会给孩子拿主意，参考的依据大多是，这个专业将来好找工作，这个专业将来能挣大钱，那个专业太冷门没出息……没有人在意孩子在想什么，以及他们的兴趣和爱好。一旦孩子未按照父母的意愿，父母会恶毒地甩下一句："有你后悔的那一天！"

我们盼着孩子长大，希望他上个我们认为有面子、有前途的好大学，找个我们理想中体面稳定的工作，带回来一个我们中意的女朋友或者男朋友，如我们所望地生一个男孩或者女孩……没错，我们早就设计好了他们的人生，我们只是希望他们按照我们设计的路线图一步步走下去，那是我们所能想到的最好的人生了，当然，为了帮助他们实现这些梦想，我们这些做父母的,也是不辞劳苦,极尽所能,甘愿为他们付出一切。

可是,我们忘记了最重要的一点:这就是他(或她)想要的人生吗? 换句话说,我们这些出于好意的设计,真的是最适合他的人生道路吗?

我们回答不出,但我们是真诚的、真心的,我们所做的一切,出发点都是为了他们好。而且,我们还有一条底气十足的理由,因为我们走过的桥,比他们走过的路还多;我们流过的汗,比他们吃过的盐还多。

其实,很多时候,我们设计的,是我们自己曾经想走的人生之路,只是我们自己没能实现,于是,我们把所有的人生希望,都转嫁到了孩子身上。

我们还忽视了很重要的一点,那就是:爱因斯坦的父母,绝对设计不出他的人生;比尔·盖茨的父母,也绝对设计不出他的未来。

恍然明白,作为父母,我们越俎代庖的时候实在太多了,在孩子的人生蓝图上,不需要我们的画笔,如果你想留下一点什么,那么,给他应有的尊重吧,给他足够的爱吧,那是最好的礼物。你留给他的空间越多,他的未来就越广阔。

一朵花开的过程

阿 土

许久以来，我一直想要看看一朵花是如何开放的。我从没认真地看过花的开放，常常不是谢了就是久等不开。

早早来到公园，在花圃前的石凳上坐下，紧紧地盯着其中的一枝蓓蕾。我知道要想看一朵花开放的过程是不能放过任何环节的。大约一个小时后，我的眼睛开始发涩，思想也无法集中，可花蕾并没有丝毫变化的意思。

叔叔，你是在看花吗？一个童稚的声音从身后传来。我回过头去，孩子三四岁的样子，亮亮的大眼睛显得机灵且可爱，最让人心动的是他仰着脑袋认真且好奇的模样，似乎有很多话要问。我不知道该对他说些什么，他不会懂我为何要看一朵花开的过程。我只能给他温暖的微笑。孩子并没有离去的意思，当我拍着他脑袋的时候反而把身体偎了过来，并指着我的头发用他细嫩柔软的声音说，叔叔，你的头发为什么有的白有的黑呢？我只能敷衍说等将来他长大了就会明白。孩子依旧没有放弃的意思，再次问我，叔叔是一个人来公园的吗，为什么不要妈妈陪着呢？看着他一副纠缠不休的样子，我有点哭笑不得了。

洋洋，一个年轻的女人走了过来，对不起，打扰你了吧，这孩子只要见着人就像十万个为什么似的，真拿他没办法。没事。我笑着说。走，妈妈带你买水果吃。男孩听说要买水果，立刻高兴地牵过妈妈的手边走边回头冲我说，叔叔，你等我，洋洋一会再……话没有说完就被他妈妈牵着走了。看着他们慢慢消失在公园一角，我的心里突然生出些莫名的感慨来。小时候我也曾希望妈妈这样牵着我，但从记事起，除了给我严厉的管束，从没见妈妈这样温柔地和我说过些什么……

　　蓓蕾已经绽开，当我从沉思中回过神来，它已不知何时开出两三个花瓣。不能再走神了，否则，又将无法看到花开的过程！我再次把眼睛对准那朵已经开了几片花瓣的花蕾。然而，当我认真地看着，它却像与我作对似的不再有半点动作。不知过了多久，突然感到脚脖子有些痒，似乎有什么东西舔着，我随手摸了一下，一下子蹦了起来，我摸到了毛茸茸的狗头。从小我就非常怕狗。看着我夸张地蹦到石凳上，一阵娇嘻嘻的笑声传了过来。一个穿着颇讲究的中年妇女出现在我的视线当中，她边笑边蹲下身体安抚着那只似乎受了惊吓的小型宠物狗，嘴里不停地说着，宝宝，你吓着叔叔了。她下蹲的身体让我看见那有些掩不住的又白又胖的乳房，我赶紧低下头，脸也不由地红了。女人笑得愈发娇媚，声音里有种说不清的东西。对不起，宝宝吓着你了吧，不过我的宝宝很乖的，从不会咬人。女人的声音与年龄不符，有点发嗲，听得我身上直起鸡皮疙瘩。我站在石凳上，冲着女人摆了摆手。女人看我紧张的样子，"扑哧"笑了，看你一个大男人，竟吓成这个样子。我挠挠头，不知道说什么好。女人撒开狗站了起来，故意挺了挺硕大的胸脯。然而，我却不由得蹙起了眉头，她的身上有一股浓郁的香水味，好呛，我抑制不住接连打了几个喷嚏。我是个对香水过敏的人，尤其对浓郁的香水。女人似乎还想说些什么，旁边突然传来一阵狗叫，似乎是她的宝宝受了欺侮，她连矜持也顾不得了，急匆匆地跑了过去。没一会就传出了两个女人对骂的声音……

　　我不想听她们近似无聊的争吵，在石凳上重新坐下，再去看那朵花儿。花在刚才的工夫又开了几片。我不禁有些懊恼，因为这两件小小的事情，竟耽搁了我看到花儿最初的开放！决不能再分心了，否则，我又将一无所获！

　　我又专心致志地盯着花儿，然而，每当我认真地看着花儿，它就又变得无动于衷了，丝毫不顾及我的感受。

　　我最终还是没能看到花朵开放的过程，一个老人让我彻底失去了机会。老人我很熟悉，是老中医，曾为我治过病，两年前我经常看到他和老伴相互搀扶着在公园里散步，今年却只有老人自己了。老人经过时，我陪他坐了许久。他是一个好人，很多人都这么说过，但再好的人也阻止不了衰老……

　　老人走后，花也完全开了，虽然没能看到，但我相信已经看了它的过程。生活中，我们常常以各种借口为自己开脱，总是嫌自己被别的事情耽搁，从而错过了本该拥有的那些。事实上，真正能阻碍我们的只有自己，像那朵花儿，它并没有因为我的观察而改变开放的步骤……花开了，我相信每一朵花都是按着它们既定的认识，一点一点认真地开放……

人生是只琉璃碗

凉月满天

晚上失眠，想一个问题：人的财富、地位、面貌、肤色、生存的地域、环境无论差异多大，人的能力、见识无论差异多大，感受到的情绪却是大同小异。

一个七品芝麻官和一个封疆大吏，感受到的失落沮丧，不会因为官大就大一分，也不会因官小就缩一分的水。

"柴门闻犬吠，风雪夜归人"，归来的必是穷人，却是有片瓦遮身，有柴门可以把夜的黑暗挡在门外；好比二十年前，我一个穷亲戚在自家院门口用玉米秸秆夹篱笆，把秸秆理得整整齐齐，干叶子剥得干干净净，然后非常自豪地问："漂不漂亮？"我点头："漂亮！"那一刻，他的自豪感，丝毫不会输于拥有豪华别墅的比尔·盖茨。

说到底，外在种种，不过是一个舞台，供人们演一出喜怒哀乐的戏。情绪和感觉的体味才是最大的主题。

一个麻木的肢体最渴望的是能够觉察疼痛，一段太平淡的人生最渴望的是风舞流云，一段过于跌宕起伏的经历最希望的是用波平如水来慰藉一生。人生不过是一只琉璃碗，命运之神扬手洒下一把珠子，这粒名悲伤，那粒名彷徨；这粒名哀痛，那粒名情伤；这粒名豪壮，那粒名轻扬；这粒是有志难伸有家难回有恩难报，那粒叫平生快意刀剑恩仇……最终一切生死际遇都随风飘散，留下的只有这种种感觉和情绪，在碗里折射出五彩光芒。

我敢说，千载以下，没有哪个富翁比颜回的快乐多。一箪食，一瓢饮，居穷巷，人也不堪其忧，回也不改其乐。

我也敢说，千载以下，没有哪个为官的比陶渊明的快乐多。挂冠、归里、种豆、锄田，忙时戴笠披蓑，闲时抚孤松而盘桓，人也不堪其忧，潜也不改其乐。

豪富巨贾及居上位者，双脚都踏在物质世界，得到两只脚，想要一双鞋；得到一双鞋，想要一头驴；得到一头驴，想要一匹马；得到一匹马，想要一辆车；得到一辆自行车，想要一辆摩托车；得到一辆摩托车，想要一辆小汽车；得到一辆小汽车，想要一架大飞机……一颗心孜孜追求的，不过就是原初时分那最圆满的、最纯净的快乐，却是总也得不到，总也得不到的，即有也是旋生旋灭，如浮泡焰火空花。

颜回也好，陶潜也罢，他们是精神领域的王者。认得一个字，想认一百字，读了一本书，想读两本书，领略了世间的一点美好，便想领略更多的美好。认得一个字的时候是快乐，认得一万字的时候也是快乐；读一本书的时候是快乐，读一万本书的时候，还是快乐；领略到一点美好的时候是快乐，领略到更多美好的时候更是快乐。这种快乐可以叠加，如同我有一天夜里梦醒时分所见的幻象：

眼前出现一把一把一把又一把的折扇，不断地打开，打开，打开，打开，像水从地底冒出来，像花忽悠悠绽开，不断地打开，在眼前打开那么大一丛。我盯着它们看，它们的细折我都看得清清楚楚。闭闭眼，再睁开，还是一把又一把的折扇；第二天夜晚，还是这个时间，还是同样的姿势，同样的方向，一眨眼，不是折扇，是牡丹花，像国画里画的国色天香，一层层，一瓣瓣，一朵朵，忽忽悠悠，像云朵一样涌出来，好大一丛啊！没有声音，没有色彩，却是繁繁复复的花瓣，层层叠叠，真美，真美。

人眼视幻很正常，当时觉得平常，现在想想，他们所感受到的快乐，真如这层层叠叠、开之不尽的折扇和牡丹花。

只可惜物质世界的富豪多，精神领域的王者少，是以满盛情绪和感受的琉璃碗里，快乐的彩珠亦是最少。

之所以深夜无法入眠，是因为平白无故被人进谗，于此深觉人性之险，且对人生生根生厌。现在想来，如同蚂蚁守住地面崩裂的细细一线，如临深壑,如抵险渊,却忘了它不过是一次小小的练习:跨不过它得嗔恨,跨过它得快乐无限。

所以你看,世间本无所谓对错,我们不过是织成一匹绸缎的一根根细丝,站在自身的角度看出去,无非是纵横交错,深沟险壑;若站远些,再站远些,再站远些,如神,如佛,看到的,便是一匹绣金绣银的明绸丽缎:每一个场景的发生都不是偶然,每一个人的出生与死亡都有迹可循,每一个意外都是意料之中,即使在最肮脏血污的地方,都有佛光闪耀。

孩子，回家吧

张　莹

夏天，午后四点多，太阳依旧不知疲倦地饱满着。长途汽车站的广场里，人来人往。我撑着伞，在一角等车。

在我旁边蹲着的，是两个十五六岁的小伙子。衣服有些邋遢，精神也有些疲倦。之所以注意到他俩，是因为他们慌乱的眼神。

不大一会儿，一个身穿深蓝色上衣，头发有些凌乱，四十岁左右的中年女子出现了。她畏手畏脚地来到男孩身边，张张嘴，想说什么，又合上。那紧张的样子，似乎是在面临一场生死抉择。

其中一个男孩似乎感觉到了她的到来，刚刚慌乱的眼神一下子变得极具爆发力，他怒目着：你来干什么？谁让你来的？滚！

我在旁边听得心颤。他竟然叫那个女人滚！那个女人，足可以做他的妈妈了呀。

那女人不但不急，反而换上欢喜的笑容，赶紧凑上前去，柔声细语地说：回家吧，你们出来两天了，我和你爸、你叔也找你们这么长时间了，有什么事，咱回家说好不好？

果然是他的妈妈。我看她的身后，有几个男人在几步远的地方关注着他们。

你们走吧，我不回去！那个男孩依然愤怒着。

女人不恼，笑着，那脸，有几分沧桑，但每一个纹路里，都是满满地真情，满满的看到儿子时开心的爱。她低声得近乎乞求了，说：你看，你出来这些天，也吃不好睡不好，我跟着你都一天了，也不见你吃点东西，回家吧，有事好商量,好不好?

旁边的男孩似乎动摇了,看看这个愤怒的男孩,靠近他一点,但没有说什么。愤怒的男孩不再说什么,把头偏过来,死死地盯着远方。

那女人弯着腰,蹲下来,看着他,等待着。一霎时,安静了下来。

看着他们,往事一下子涌了出来。

那年,自己中考意外落榜,又不甘心就此放弃。于是,选择了复读。复读,是在离家七十多里地的市郊中学,学校里没有宿舍。爸爸找到了一个远房的亲戚,赔着笑脸,送上诸多自家产的大豆、花生之后,我便在亲戚家住了下来。我每天早出晚归,尽量早早写完作业,帮着做家务。因为睡晚了,亲戚家上五年级的小妹妹会向她的妈妈大哭大叫,说她睡不着。其实,我知道,她不欢迎我的到来。于是,我尽量做到最好。那时我饭量很大,可是不敢多吃,小妹妹大大的眼睛会斜睨着我,低低地说:哼,真能吃啊!

十六七岁的年纪,满满的都是放不下的自尊,干脆,不吃了。早早地背着书包上学去。刚走到门口,听到小妹妹哈哈的笑声,我的眼泪忍不住流下来。但想到自己是为了上学,就咬牙坚持着。

一顿两顿不吃也就罢了,时间长了,真的坚持不住了。一天早上,我还在收拾书包,不知道有什么事情,亲戚一家出去了。我背着书包,路过厨房,慢下脚步,拿过一个烧饼,塞在口袋里,疯一样地向学校跑去。拐过墙角,三下两下,把烧饼塞进嘴里,噎得我直伸脖子。跑到学校自来水管下,喝了口凉水,才算好点。我喘口气,定定神,眼泪,不由自主流下来。

月考后,我回家了。狠狠地吃了一顿妈妈蒸的馒头,那叫一个香啊!晚上,我肆无忌惮地看书写字,任凭妈妈一遍遍地催促早点睡觉,我享受着在家的快乐,安心。

后来,因为种种原因,我终于又得以回到原来的学校,终于又可以回到自己的家了。接下来的日子,我在家人的呵护中努力着,终于如愿以偿。

想起这些,我的眼潮乎乎的。不过是寄人篱下,都如此艰辛,何况是羽翼未丰,无依无靠独自流浪呢?

我看那个愤怒的男孩，猜想，他应该也是爱家的吧。不过是青春的叛逆，让他固执得迷了方向。我凑上前，蹲下，说：小伙子，和妈妈回家吧，她会答应你的。

其实，我什么都不知道，我只是想让孩子回家。

是啊，是啊，这大姐说得对，儿啊，妈妈肯定答应你，好不好？那中年女子一下子开心了起来，好像看到了曙光，感激地看我一眼，赶紧对着愤怒的男孩说。

那男孩用一种疑惑的眼光看看我，然后，转向那中年女子，质问道：你答应我不让我上学了？

好好，回家就去学校，和老师说。

那你答应我，让我去村里厂子上班？

好好，回家就带你去找……那女人一个劲点着头，赔着笑脸，往前凑了凑，想去拉男孩，但终究没有伸出手，她怕啊，她怕一拉，孩子又跑了。

其实，在别处，我也曾看到过这样的情形：十几岁的孩子，渴望自由，不愿意父母管束，偷偷离家跑了。当父母心力交瘁地找到他们，恳求他们回家的时候，他们总是有这样或那样的理由，不屑一顾……

我本想等那个男孩和妈妈离开的时候，再走的，可是，我的车到点了。我不得不走，走的时候，我温和地说了一句：小伙子，我也是出门的，出门在外真的很辛苦，和妈妈回家吧！

然后，我挥挥手，匆匆走了。我没有看到他和他的妈妈离开。透过车窗，我看到那个愤怒的小伙子和妈妈一起站了起来。夏日的余晖，暖暖地笼在他们身上。

路上，我默默祈祷：孩子，回家吧，那个家，也许贫穷，也许丑陋，也许固执，但无论怎样，那里的爱，都是那样醇厚，那样芳香，那样温暖，那样宽容，那样血浓于水。

孝心流经66个啤酒瓶

马晓伟

　　父亲去得早,是母亲一把屎一把尿将他和两个弟弟拉扯大。在那个物质匮乏的年代,母亲咬紧牙,硬是扛起一个大男人的担子,苦苦支撑着家。

　　如今,兄弟仨都已各自成家。日子虽清苦,但弟兄和睦、儿贤媳孝,一大家子甚是融洽。这对出身贫寒的他们来说,已经很满足了。母亲现已八十开外,操劳了一辈子,她老人家早该颐养天年了。

　　过完春节,他在"叮叮当当"地修鸡舍。母亲拄着拐杖,敲碎严实的河冰,颤巍巍地提了一大桶水,准备烧水洗澡。"咳咳、咳咳",秸秆不容易点着,厨房里,母亲被熏得眼泪直流。记忆里,从小到大都是这样:洗澡、洗衣服都要烧一大锅水。冬天风大,烟囱不易排烟,加上柴草湿,整个屋子都是乌烟瘴气;夏天灶膛热,火光辉映中,常常汗流浃背,还弄得满脸的灰。

　　"要是有台热水器,那该多好哇! 那妈她就……"正这么感叹道,但转瞬,他眼前迷蒙了起来。眼下,正是青黄不接的时候。年前,辛辛苦苦舍命挖煤的工钱,老板还没给。去年家里种着的几亩薄地,在台风中伏倒一大片,收成少、瘪谷又多。眨眼间,两个孩子又要开学了,学费也没着落……想到这里,他犯了愁,再没心思干活儿。放下手中的木料,眉头紧蹙地蹲在墙角,抽着闷烟,一根接一根……

　　大地回春,冰雪消融,温暖的阳光晒得人懒洋洋的。小猫眼睛眯成一道缝,从他眼前踱过,扫扫尾巴,慵懒地趴在扫帚上。他忽然若有所悟,隐约记起小学课本上关于颜色与光照吸热的原理。突然,脑中灵光一闪。"嗯,就这样!"猛地一拍大腿,愁云尽散,他兴奋得蹦了起来。

兴致勃勃的他立马找来了一块旧门板和 66 只深绿色或褐色的啤酒瓶。首先，用玻璃刀在所有瓶子底部钻圆孔，大小正好是瓶子的口径。接着，在木板上，把瓶子分成 6 排，每排 11 个。排与排之间，瓶口套进瓶底，接口处用橡皮圈密封好。然后，用胶水将所有瓶子固定在门板上，并将其竖起，倾斜 60°，下面用架子撑牢。

接着，把最上排瓶子的所有瓶口，用一根管子将其连接，作为进水口。再找来一只大木桶，用作水箱。平时，不断往里面加水。最下排瓶子的瓶底，也同样用管子连接，就是出水口，一直接到屋子里。在屋内，只要轻轻扭开阀门，水就会源源不断地流出来。接着再稍稍整合、改进一下。最后，大功告成，一个简易的"热水器"就这样诞生了！

经过半个下午的日晒，试验了一下水温，不是很热，但洗澡、洗衣服已足够了！

此后，母亲洗澡就再不用烧水了。天气好的时候，等浴盆放满水，他就给年迈的老母亲擦洗身子，轻轻地，一遍一遍。搬张椅子，在土屋前、和煦的暖阳下，给母亲梳头、捶捶风湿痛的腰椎。有时，还搀着到林子里走走，日落时，两人再慢悠悠地踱回家。暮色浓重中，娘俩儿的心就像地上紧贴一起的落叶。

乐滋滋地抚着"发明"，他还"煞有介事"地给自己的"酒瓶热水器"取名为"宝瓶牌太阳能热水器"。据说，每天晒热的水能够三四个人洗。利用闲暇，他还给许多经济拮据的村民做了这样的热水器。

他的事传开了。当一窝蜂的记者扛着"长枪短炮"来，要他说几句煽情的话时，年过半百的他刚从田里上来，裤腿粘满泥巴，极不自然地扯扯衣襟，讪讪笑：俺没上过学，挣不了几个钱，只想让俺妈洗澡时不冷。说到此，他有点沮丧，"俺能给妈做的也只有这些了。"最后，他还认真地对着镜头说，希望能把"热水器"的制作技术和经验加以推广，无偿提供给更多需要的人。

他叫马彦军，是陕西一个普普通通的农民。乡下，那样的身影随处可见——却不是每个人都有如此的孝心。66 个啤酒瓶里流着的温水，载着他的感恩与回报，滋润着母亲的心田。

其实，马彦军的"热水器"有不少缺陷，比如加水不方便，阴雨天不管用，等等。不过，这都不重要。孝心，源于赤子情怀，没有大小、不分贵贱。哪怕，只是 66 个啤酒瓶子。

第四辑

桃树下最美的光阴

就这样被他推着，抱着，背着，每年一次或者两次，他带着她，去了许多她向往的地方。她知道，她的梦想会被这个男人带着，慢慢变成现实。而她，也会被这个男人带着，一路奔向幸福。

与谁共享满屋琐碎

薛俊美

新房子装修好了，准备春暖花开的时候搬家。老公说，有空就收拾收拾房间吧，该扔的扔，改换的换。

上个周末，我休息，终于有大把的时间可以挥霍了。泡上一杯茶，放入几粒枸杞，看小小的菊花在水中翻滚，红红的枸杞点缀其中，生动，鲜活。撸起袖子，盘起长发，扎上绣花的围裙，准备"磨刀霍霍向猪羊"，开始扔杂物大行动。

打开天蓝色的纸箱，满满当当的，全是儿子小时候的心爱之物。一堆大大小小的奥特曼，各种造型、各种姿势的都有，有缺胳膊的，也有掉了腿脚的，不管这些奥特曼的肢体怎么残缺，在当时可都是儿子的心爱之物，每个都与他有过一段美好又难忘的故事。

那个握拳想要一跃冲天的奥特曼，被儿子握在小小的手中，跑过不少的地方，奶奶家、姥姥家和姨姨家，算是最见多识广的奥特曼吧；那个高大的奥特曼，是儿子游戏中最好的狐朋狗友，一起吃饭，一起写写画画，甚至一起如厕，这样的感情也算是青梅竹马、两小无猜了吧；还有那个掉了一条腿、披着披风的奥特曼，总是伴着儿子小小的腿脚一起跑一起跳，它见证了儿子从蹒跚学步到健步如飞的整个过程，它上面写满了儿子无助的哭泣和欢乐的笑颜。生活的样子本该如此吧，有痛苦，也有幸福；有忧伤，也有美好。

还有儿子刚生下来时穿的小小的衣衫，还带着淡淡的奶香味儿呢；那一张张各式材质的纸张，上面全是儿子的信手涂鸦，在我看来却惊为天书般神奇；那个首饰盒里装满了儿子捡拾的各种小石头，每枚都光洁如玉，是儿子最心爱的石头宝贝，他和每一枚石头都说过话，还给它们唱过好听的歌……

小心地拖过那个粉粉的纸箱，里面可都是我的心爱之物啊。一本本日记本，记录了我从小姑娘到妈妈的酸甜苦辣，每一页每一行都写着：爱你，爱这个小小的温馨的家；还有一支支各式造型的圆珠笔和中性笔，我喜欢一个个漂亮的字从这些笔下酣畅淋漓地跑出来，写我的爱我的欢喜，写我的被爱我的被欢喜；那个透明的玻璃瓶里，盛满了谈恋爱时老公写给我的情书，喜欢和被喜欢，爱与被爱，都让我记得老公对我的呵护和怜爱，让我在浓浓的爱意中生活、快乐、知足，并且感恩。

那个大大的棕色纸箱中，全是有关老公的点点滴滴和吉光片羽。他大学时的吉他，虽然破旧不堪，但我仿佛还能听见悠扬动听的乐音飘来；他刚参加工作时用的文件夹，里面贴满了各种车票，上面注明了时间地点和坐车看我的原因；那些我写给他的情书，依然安稳静美地躺在盒子里，里面藏着的应该也还是甜蜜和浪漫吧?!

还有那些我们一家三口做的各种折纸和剪花，现在看看，那些妙趣横生的玩意儿让我忍俊不禁；用各式瓶瓶罐罐粘制的小人国的城堡，里面住满了儿子的小人玩具，骑大马的、扛枪的、推小车的，还有卖糖葫芦的，一粒粒鲜红欲滴的石榴让人口水直流；还有我生日的时候，儿子送我的他亲手制作的贺卡，虽然简陋，却让我感动，值得我用一生珍藏。

这时，老公和儿子打完羽毛球上楼了。看着满屋子的狼藉和凌乱，老公抄起吉他，两眼放光：嘿，大哥我多年不在吉他江湖行走了。今儿该露一手喽……儿子拿起他平生第一次穿过的小小的衣服，蹦了起来：哈哈哈，那时我真的这么小吗？现在连一只胳臂都伸不进去了……

满屋子的琐碎和笑声，淡淡的喜欢，浓浓的爱，我欲与何求？人总是贪念诸多，心里就不静了。快乐和幸福其实很简单，和自己的家人在一起，从小小的花里欣赏美丽的影子；从萋萋芳草中，细嗅葱茏的馥郁蔓延成海；从手掌细细的纹路里，品尝生命中美丽温暖的过往。这样的生活，我愿意，我愿意呀。

　　与谁共享满屋琐碎？亲爱的老公，亲爱的儿子，还有亲爱的我自己。有家有爱，满屋的琐碎也会开出美丽的花儿，时光静好，我幸得之。

　　啜一口香香的菊花茶，看上下翻滚的枸杞，绽开嫣红的笑靥，我醉在爱的花海中。满屋子的琐碎，愿与你共享、共赏、共相印，一生一世，来生来世，生生世世。

往事里的丁香花儿开

薛俊美

细小如丁的小花，一团团，一簇簇，白中含紫，粉中露白，一个个自顾自吐着娇嫩嫩的小花苞，惹人爱怜。那氤氲的淡淡清香，把人挟裹起来，一起飞到那开满丁香花的地方。

尘封已久的记忆，泛着淡淡的烟黄，仿佛一幅水墨山水画，隐隐约约中依稀听得见悠扬的笛声，吹着一曲春花烂漫的歌。远处的山坡上，已开遍了淡紫、白紫和蓝紫的丁香花。放眼望去，如霞似烟，如梦似幻，花是人，人成花。

那时，少年的我，敏感任性，总是幻想着一些不着边际的东西，南瓜马车、水晶鞋、镶有蕾丝花边的公主裙……可是，现实总是那么无情，生活中接踵而来的打击把我的梦想一个一个碾碎，践踏到泥水中，脏污不堪，成为一段不能回首的过去。

先是父亲因病去世，让我顿时从童话里的小公主变成没有爸爸的可怜孩子，接着又是母亲的多愁多病身，沉浸在悲痛中的母亲，每天持续不断的唉声叹气和怨声载道让我苦不堪言。于是，小小的我，学会了逃离，选择了逃避，总是一个人跑到很远很远的地方，小心地把自己藏起来，山坡上、草丛里、石洞中，甚至还隐身在枝叶婆娑的大树上。

那时，小小年纪的我就这样学会了进入自己的"世外桃源"，沉浸在自己的世界里。日子一天天混过去，山坡上的草由黄变枯又变绿，我却继续放任自己的倔强和孤独。

直到有一天，我跷着二郎腿，摇晃在大树的枝丫间看蚂蚁上树时，一种莫名的孤独和伤心涌上心头，我茫然四顾却寻觅不到光明的航标，于是，我号啕大哭发泄着内心无名的伤痛。一阵歇斯底里过后，我抽泣着渐渐平息下来。在抬起脏脏的小手擦眼角的泪花时，我闻到了一股淡淡的清香弥漫氤氲在我的周围，感觉舒适极了，像是小时候躺在太阳晒过的温暖的被子里一样惬意，也像洗过澡换上妈妈浆洗过的散发着好闻肥皂味儿的衣服一样舒服，更像过去扑进父亲宽厚的怀里娇嗔地撒娇一样得意。

我爬下大树，找啊找啊，终于寻到了那一缕清香的源头。一丛灌木中，有一株丁香亭亭玉立，卓尔不群，像一株清淡的荷，像一茎怒放的菊，更像找不到自己的我。我扑过去，跪倒在丁香树下，伸出手，小心地抚摸着这一株能抚慰我受伤心灵的花仙子。

朦朦胧胧的紫色，像梦，像雾，像笼着轻纱的梦，正是我最喜欢的颜色，漂亮高贵又惹人遐想。一阵风吹过，清雅的丁香花儿钻进我的鼻孔，一直钻进我的心里去，不敢说沁人心脾，但是丝丝儿的凉意和清新，涤荡着我装满了愤怒、悲伤和放荡不羁的身心。一阵一阵的香味儿不断钻进来，像一把刷子，温柔地、但却持续不断地洗刷着我伤痕累累的身心，我只觉得那些曾经的伤与痛、愤与恨，在慢慢地消失，慢慢地远离我的心房；而那曾经的伤与疤，也在慢慢地愈合，慢慢地长出新鲜的皮与肉，透着新生的喜悦。

我的眼睛湿润了，眼前升腾起一大片一大片的雾气。我看见了远在天堂的父亲，朝我微笑着，他那明朗的笑容也感染了我，我忍不住"呵呵"傻笑起来。记得父亲生病的那段日子，他总是强忍着病痛，拉着我的手，陪我去山坡上看星星。周围静悄悄的，父亲一直牵着我的手，他的手掌那么大，那么暖，他说："闺女，看到天边那颗最大最亮的星星了吗？"我睁大眼睛，仔细地辨认着，顺着父亲手指的方向，我看到了那颗星星，很大也很美丽，在湛蓝的天空努力发出自己微弱的光。

父亲拉紧我的手："闺女，爸爸真想陪你看一辈子星星啊！可是，万一……"我捂住父亲的嘴巴："不许你这样说，我不许你这样说！"停了很久，父亲又拉紧我的手："人都有生老病死，万一……我是说万一，真的有那一天，你不要害怕，也不要埋怨任何人，想爸爸了或者受委屈了，就一个人看星星吧！但是你一定要记住，爸爸永远也不会离开你，那颗最亮最大的星星就是爸爸，我会一直看着你，看着你长大，看着你成人！"我扑进父亲的怀里，肆无忌惮地流着泪。

父亲伸手擦干我脸上的泪，笑着说："我闺女笑起来最好看了，我可不想离开的时候看到你的哭脸。能做到吗？"我含着泪笑了一下，父亲也笑了，虽然也含着泪。山坡上的萤火虫飞来飞去，周围很静很静，能听得见风吹野草窸窸窣窣的声响。缓缓升起来的月光，把我和父亲的影子拉得很长很长……

眼前丁香花儿小小的花蕊，映出了父亲微笑的脸庞，好像在对我说："闺女，你笑起来真好看！"起风了，丁香花小小的身躯摇曳在风中，摇摆着翠绿的枝叶，轻轻舒展着娇嫩的花朵，坚强地挺立在早春的寒风中。在这样一个春寒料峭的时刻，小小丁香花儿兀自吐露芳香，告诉人们，美丽的春天已经来到了所有人的身边。

我伸出手掌，接住一枚小小的丁香花儿，淡淡的紫色，像我心中那个美丽的梦；绽放的花蕊，像不屈服于命运的安排，尽管小得那么不起眼，却依然开出一朵最美丽的春天。

我站起身，拍拍膝上的土，笑着和美丽的丁香花儿说声"再见"。以后的日子，我迅速成长为一个大人，一个父亲期盼着的大人，和多病的母亲一起，笑着扛起了这个摇摇欲坠的家。因为我知道，每一天都会有夜晚，而每一个有星星的夜晚，我都能看见父亲，父亲也能看见我脸上的笑容。就算没有星星的夜晚，我也会在梦中，向父亲汇报我的努力。至于我的微笑，美丽的星星会看到，轻盈的萤火虫会看到，清雅的丁香花也会看到。

那年那月，萤火虫飞过美丽的夜空，星星发出最璀璨的光，记忆中从来没有闻过那么清香的丁香花味儿。而我，也因为父亲永远的陪伴、嘱托和鼓励，依次得到了我梦想的南瓜马车、水晶鞋和镶着蕾丝花边儿公主裙的生活，我终于笑得明眸皓齿，长成一朵最清雅、最美丽的丁香花儿。

今生，走不出你的视线

薛俊美

一直以来，我都不喜欢她。从小，就从骨子里厌恶她。

挑衅、叛逆、故意招惹是非，看着她愤怒地用笤帚疙瘩没头没脸地抽我，然后冷冷地端倪她苍老的身体瘫软在冰冷的地上，无助地啜泣。我却冷笑着转过身，连嘴角的血水都不会擦去，留给她一个倔强和绝情的背影。任凭身后的呜咽时大时小，那不干我的事。

记忆中，父亲的影子是那样的模糊，虽然不时有亲戚惋惜父亲的英年早逝。我从来不去故意打探有关父亲的点点滴滴，但是生活中，总是有些事、有些话，冷不防就抽打我小小的心脏，让它抽搐成小小的一团，痛到不能呼吸。被生活的拮据弄得焦头烂额的她，是永远也体会不到一个不到十岁的孩子，当时心中永远的疼和痛。这是我一辈子也愈合不了的伤口，在一个个无眠的午夜里，撕裂开来，殷红的血一点一点渗出和滴落。我眼睁睁看着，这样的痛楚撕心裂肺，常人无法忍受。我却在痛楚之外，感受到了生活的另一种馈赠，它让我迅速成熟起来，用与我年龄不相称的沧桑和忧郁，掩盖了我内心真实的想法。

我恨她！我把父亲的逝去，归咎于她，肯定是她对父亲不好，不然正值壮年的父亲又怎会撒手而去，全然不管他的膝下还有一个需要他用心来爱、用心来疼的女儿?！我只知道，从此以后，我成了一个没有爸爸的孩子，很可怜！

父亲下葬的那一天，我就开始不和她说一句话，当她是空气，是不存在的物件。一开始，她百般讨好和解释，她说父亲有病，家里穷没有足够的钱来医治，等到筹到了钱，已经错过了最佳的治疗时间，只能眼睁睁看着父亲一天天走向死亡却无能为力。她说这些话的时候，几次抬起手捂住脸，哽咽着。我只是冷冷地看着她，心里却在狠狠地说：表演给谁看呢，鳄鱼的眼泪，哼！

逃学，和坏小子一起叼着烟，晃荡在大街小巷。她疯了一样满世界找我，找到我，劈头盖脸地一通打，有时脱下脚上的布鞋，抡圆了打；有时拾起柴火垛上压住篷布的木棒，呼呼不住声地抡上抡下；有时，情急之中，她想不到什么更好的打人物件，就用拳，用脚，甚至用嘴……其状之惨烈，其声之悲号，都不能让我冰冷的心解冻，唯有心里对她的怨恨更深一层。

后来，这样的闹剧在众人面前上演得多了，她给我跪下，苦苦哀求。她磕破的额头一点儿也唤不醒我心底积聚的怨恨，我只觉得她很可笑，像一个小丑那般滑稽。我狠狠地推开抱住我的她，看着她瘦小的身体缩成一片枯叶，心中竟然释然了许多，虽然身后传来的依旧是她痛不欲生的嘶叫哭泣，我头也不回地去镇上的网吧玩通宵的游戏，我只想用虚拟空间里的兵戈铁马来麻醉自己。

没过多久，我被姐姐一记狠狠的耳光扇醒，重新回到校园，像个苦行僧一样读书写字，沉默不语。回家，也从来不会与她交流，我当她是个陌生人，甚至连陌生人都不如。

高考填志愿，我故意选了一个最遥远的大学，那样我就有理由不回家了。大学期间，姐姐几次打电话，让我回家。想到家中的她，我的心就难受，虽然很想姐姐，但是我还是选择了一个人生活，孤独总比痛苦好吧。

后来，我成了家，有了自己的孩子。姐姐打电话，说带孩子回家吧，给她看看，她也不再是当年那个强硬的她了，如今已步履蹒跚、弱不禁风。老公也劝我，毕竟是一家人啊，再说，孩子会说话了，总得见姥姥不是！就这样，我虽然千不情万不愿，但还是踏上了回家的旅途。

一下车，就看到村口的大树下，那个已经佝偻的身影。满脸的皱纹，满头的白发，看到我，欣喜着想迎上来，却又嗫嚅着，不知道说什么好。倒是孩子一声脆生生的"姥姥",让她笑着哭成泪人。我别过脸去,两行清泪无声落下,一如我痛楚的心,让我不能自已,不能呼吸,我的心碎了一地。

晚饭,她不知道做什么好,满满一桌子的菜,却是咸的咸了,淡的淡了。姐姐抹着泪告诉我,她身体有病,眼睛也不好,做事情连当年的十分之一都没有了。说实话,看她颤颤巍巍地走来走去,一会儿给孩子买糖葫芦,一会儿领孩子去看小兔子,我的心很疼。血浓于水啊,不管我与她有什么样的深仇大恨,她总是生我养我的亲妈呀!看着她常年伤心流泪后干瘪充血的眼睛,我突然意识到,这个我恨透了的女人心中的痛和伤,一点儿也不比我少啊!一个单身女人,没有稳定的生活来源,没有顶梁柱的家,缺吃少穿,受尽人家的歧视和侮辱,领着两个孤苦无依的孩子,是怎样挨过一个个漫漫长夜的,只有流不尽的眼泪吧!想到这儿,我内心有一丝丝的自责,当年的我,也太过武断和不懂事了,只管把自己的忧伤和痛苦百倍报复给她,却决然不会想到她自身承受的痛苦和忧伤是多么令她不堪重负。更何况,我对她还百般刁难和挑衅,面对我莫名的敌意和满腔的怨恨,作为母亲的她,内心不能言谈的痛苦吞噬了她,让她以泪洗面,迅速衰老。

晚饭后,她几次欲言又止,最后忍不住递给我的孩子两根麦芽糖:囡囡,你一根,给你妈妈一根。你不知道啊,你妈妈小时候最爱吃的就是麦芽糖了……边说,边哆哆嗦嗦地用手擦眼角永远也擦不干的眼泪。

接过孩子手中的麦芽糖,我只觉得一股暖流,冲开了淤积心中的那多年的坚冰,她不是不爱我啊,只是当年那种情形,她只能选择做一只挖挈着毛的母鸡,想要守住我们这个缺失了顶梁柱的家啊!所以,她像个男人一样下地,在众人的冷眼和碎语中咬碎了牙咽进自己的肚里,百毒不侵,全然忘记了自己温柔的慈母一面,世事的艰难让她尽失母性的温柔,只留下粗粝、粗鲁和粗心。纵然当年的她忘记呵护一个不到十岁的女孩的柔软的内心,那也是她不想看到的呀!难为她,都过去多少年了,她还记得我爱吃麦芽糖的事儿。我咬一口麦芽糖,连同泪水,一同吞咽,五味杂陈,往事一件件涌上来。

该返程了，她一遍遍亲着孩子，老泪纵横，一声声喊着：孩子啊，再来家啊，再来啊……我真想扑进她的怀里，狠狠地大哭一场。可是，多年来的积怨让我撕不下冷漠的脸皮来拥抱眼前这个可怜又可恨的女人。我只有狠狠地转身，说一句：我走了。就头也不回地离开了她，任凭她在风中站成一棵簌簌发抖的老树。

后来，姐姐打电话说我们走后，她大病一场，脸上却总是欢喜着，嘟嘟囔囔说孩子真好啊，说一会儿、笑一会儿、哭一会儿，像个疯子一样。话筒那旁的姐姐泣不成声，话筒这端的我，也泪如雨下。

转身，看到返家时她硬塞给我的一个小小的布袋，打开来，是一些零零碎碎的钞票，这是她不舍得吃不舍得喝，给我攒下的，让我买点好吃的。一叠叠，一摞摞，她这是变着法子在弥补我呀，老了老了，不为自己多想想，反而觉得亏欠着我，心里该是有多痛啊！孩子看我摆弄姥姥给的东西，摆满了桌子，嫩声嫩气地说：妈妈，我看见咱走时我姥姥哭了，还浑身哆嗦，是不是病了啊？

原来，以前的怨恨，以前的厌恶，以前的种种，都是深深的爱啊，爱着彼此，却找不到合适的表达方式，就去伤害她。我有多傻，去伤害一个至亲至爱的人的心，让她流着泪流着血还反过来安慰我，当年的她恨我不争气、怨我不学好，心底该有多么悲凉和无助啊！那双泪眼病眼，全是我造的孽啊！

娘，我知道错了。现在我也当了娘，才知道做娘的，宁可委屈了自己，也不想让孩子受一丁点儿的委屈。

有一天，我看到三毛在《背影》中说：我知道，只要我活着一天，她便不肯委屈我一秒。我哭成一团，那，分明说的也是我那受苦受难的娘啊！我心里偷偷地喊了一声：娘啊，娘！我知道，我的一生，再也走不出你的视线了。

爱的等待

蓝雪冰儿

一个是开朗大方、温柔可爱的女孩。一个是英俊潇洒、品学兼优的男孩。这样的两个人简直是天造的一对，地设的一双。雨和建就是这样在同学们的祝福中牵起了手，开始了他们的爱情。

当同学们陷入了紧张的高三后，他们的爱情似乎开始不被人所理解。高考之后注定要劳燕分飞，未来可能只是梦。

走自己的路，让他们说去吧！建笑着牵着雨的手来到山坡上，相依在一起看日出，看日落。他们享受着浪漫，品味着幸福。他们多么希望时间定格，就这样一辈子牵手。

农历七月七日——中国的情人节。在他们一起看日出的山坡上，建把他亲手为雨折的999朵红玫瑰递给雨。雨接过红玫瑰，把它们贴在胸口，眼里噙满了泪水。她从口袋里掏出一张折好的带着清香的信纸，塞给了建，就跑下了山坡。建打开信纸，看到上面画了两个微笑着手牵着手的小人，旁边还写着一行字：我有一对翅膀，梦想着飞上蓝天。你也很优秀，让我们相约十年后。

建伫立在山坡上，他的头发被风吹得很乱。他没有想到，浪漫的情人节竟然成了他们分手的日子。他更没有想到，雨竟然真的走了，而且杳无音讯。

……

十年后，雨飞上了蓝天，成了一名空姐。她抱着当年建送给她的那999朵红玫瑰，兴奋地踏上了归来的路。

客车行驶在路上，她想象着与建重逢时的情景。十年了，音信全无，为了曾经的诺言，自己拒绝了一切追求者。可是，建还会在等她吗？她有些后悔，为什么十年前自己走时，没有给建留下联系方式，建英俊的脸又浮现在雨的面前。雨低头看了看怀里的玫瑰花，它们不再鲜艳，但是她感觉这些花还是很美。雨把玫瑰花往怀里贴了贴，心里百感交集。

客车下了公路，行驶在颠簸的山村小路上，没想到十年后这里变化不大。下了车，雨抱着玫瑰花走着，很多人在看她。也是，穿着光鲜的衣服，却抱着一把褪色的玫瑰实在不协调。但是雨不以为然，她等待着与建相逢的那一刻的激动。

来到了建的家门口，那是一栋二层小楼，雨有些兴奋。她急着走进院子，却看见两个孩子蹲在地上玩耍，她有些紧张。这时走出来一个和自己年龄相仿的女人，雨的手心出了汗。那女人热情地和她打招呼，雨感觉手中的玫瑰是那样的沉重。她想把它们藏起来，可又实在不知道放哪好。她的心头涌出一股浓烈的酸意。

她想退出去，可是那女人已经把她拉进了屋，按在了椅子上。

屋里很干净，干净到连家具也没有。她认为建的生活不应该是这样的。

"你叫雨吧!"女人先开了口。

"嗯，你，你怎么知道?"

"建折的玫瑰花，还是我教的呢!"那个女人炫耀着说。

"你是?"

"我叫玲，是他的邻居。"女人说。

"那孩子?"雨着急地问。

"一个是邻居的，一个是建的。"

"建的?"雨的心很乱，"他结婚了!"

"不!"玲极力解释着。

"那孩子?"

"十年前，你走后，建发奋学习。可是在高考前一天，他的父母却出了意外,全没了。他没能参加高考,也没有去复读,后来就去当了兵。四川地震时,他救了这孩子,孩子的父母都在地震中死了。建看孩子可怜,就把孩子带了回来。为了照顾好这孩子,他就从部队回来了,他本来是想在部队当几年兵,然后考军校的。"玲有些遗憾地说。

玲说话的时候滔滔不绝,很投入,就如同一个妻子在炫耀自己丈夫的光荣历史。雨有一种感觉,建不再属于她了。

"建呢?"她看着玲说。

"他去理发了,他说你该回来了。为了你们的十年之约,他拒绝了许多女孩的追求。这几天,正盼着你回来呢!"玲笑着,但是笑里带着酸涩。

雨静静地等待建回来,可是她的心里却并不平静。邻居的孩子走了,玲拉着建的儿子进屋,给孩子讲故事,俨然就是一对母子。

雨看了看外边,不知什么时候下起了雨,雨感觉很冷,她将衣服拽了拽。

建回来了,往屋里跑来。刚刚理的头发被雨淋得一绺一绺的,雨水顺着发丝滴在那身褪了色的西装上。

玲拿着伞出去,告诉他雨来了。然后就把伞整个地打在建的头上。建又把伞往玲这边推推,两个人跑进了屋。

玲抽下毛巾递给建,说:"快擦擦,别感冒了。"建一边擦着雨水,一边结结巴巴地说:"雨……你回来了,我特意理了头发,可是雨真的很大……我……"

雨看了看建,她感觉这雨也浇在了自己的心上。

"嗯……你好……我……我是来还你东西的。"说着,她把那束红玫瑰往建的怀里一塞,就消失在雨幕里。

玫瑰花顺着建的身体,滑落到地下。

建木然,玲也怔住了。

建感觉一股暖暖的东西从脸颊流下,他不知道是伤心,还是失望?他低头看了看地上的那束红玫瑰,一动不动。

"时间太长了,玫瑰花褪色了。"玲用衣袖擦了擦眼角的泪水。

建从口袋里掏出一个小盒子，拿出十年前雨留下的那张信纸，泪水滴在上边。他发现，那张信纸早已变黄了。

建的孩子跑过来，捡起了玫瑰。

建看了看孩子。这个孩子太可怜了，他虽然救了他，可是地震却让这孩子失去了一只手。这些年，若不是玲的帮忙，自己是不会照顾好这孩子的。

"爸爸，把这花送给我吧！"孩子天真地看着建。

"嗯！"建点点头。

孩子兴奋极了，他走到玲的身边，跪在地上，将花递给玲说："阿姨，你做我的妈妈，行不行？"

玲捂住嘴，泪水模糊了她的视线。

建深情的看看玲，他想到了十年前，玲为了教自己折玫瑰，一夜没睡。他还想到了这十年，是玲陪他闯过了一道道难关，要是没有玲替自己照顾孩子，家就不是一个家了。

建拿过孩子手中的玫瑰花，也跪在了玲的面前。门外的雨擦了擦眼角的泪水，默默地转身离开了。

虚室生白

卢海娟

一

学校食堂在教学楼的另一侧，放学的铃声一响，饥饿的男生就像赶武林大会似的，踩着凌波微步从我们教室的窗前倏忽而过，留在教室里的是寥寥几个女生，其中也会穿插一两个爱好国画、书法的老夫子。

我们的教室在一楼，坐在教室里看操场简直是一马平川，头顶上常常响起学姐学弟咚咚咚的脚步声，有些压抑，有些沉重，但生活很沉稳，很真实。

尽管我已饥肠辘辘，却不愿率先跑出去，因为我一直在等他，赵星辰，那个整天氤氲在墨的气味里钻研书法的家伙，他又高又瘦，一张白净瘦长的脸，像极了小说里的书生宁采臣。我都不知道他什么时候跑进了我的心底，让我如此放不下。

他此时正聚精会神地对着废报纸上酣畅淋漓的四个大字"虚室生白"翻来覆去地研究，一会儿把报纸推远，一会儿又把它拉到眼前。教室里又有人陆续去了食堂，而我，却在浅薄的学识里拼命搜寻这四个字的出处。

夜幕降临前，好动的男生忙着到操场上打球，篮球和排球场上绽放着女孩们的笑声、叫喊声。我从前也常常百无聊赖地混在那里尖叫，但现在我却跟在赵星辰的后面急匆匆地走向食堂。隔着好几个餐桌看着赵星辰拧紧了眉毛。边嚼馒头边像个哲人似的思考，我也就若有所思地在空阔的餐桌旁嚼着冰冷的馒头，餐盘里的汤汤水水内容丰富，我却食不知味。

二

为什么没有早一点翻检我的心脏？如果早一点发现他刻进了我的心扉，我就该从头到尾都像现在这样：安然，沉静，做足一个淑女。

可从前的我是什么样子啊？

我好像曾经下定决心要打破旧的世界。我常常肆无忌惮地和女伴们笑得前仰后合，我和男生吵架，竟随手把一只杯子砸向人家，我喜欢在课间吃零食，随手扔掉果皮，我上课时不是看小说就是睡大觉，而且，我喜欢绿色或是蓝色这些妖娆怪异颜色的眼影，双休日我会把嘴唇涂上黑色或是珍珠的亮白招摇过市。还有，我的指甲上曾画了两只可怕的骷髅，本来这种事赵星辰是不会知道的，可惜那时候我不知道自己会喜欢他，曾在他专心研究书法的时候把那两只可怕的指甲伸到了他的面前，当时，他那种莫名的恐惧眼神，现在想来只能让我从头顶凉到脚底。

很辛苦地扮起了淑女，让自己沉静下来，投其所好。我扔掉村上春树那年轻浪漫的爱情故事，去读深奥拗口的文言文，我从《诗经》读起，下决心要把自己读成《诗经》中的窈窕淑女。当我终于从《庄子》中读到"虚室生白，福祥止止"这种深邃的句子时，那种空阔渺远的意境像赵星辰一样俘虏了我，我的兴奋简直无以言表，我反复琢磨、理解，直到烂熟于心，然后，我端庄了面容，去请教赵星辰。

我说赵星辰，请教一个问题，《庄子》中"福祥止止"的上句是什么？

赵星辰从饱满的墨迹中抬起头来，很认真地像是看他的书法作品那样对我研究了许久之后，一字一板地说，是"虚室生白"。

他似乎很严肃，但我看到了他眼里瞬间放射的光芒，我相信，他会对我刮目相看。

三

初战告捷,我兴奋不已。

他的笔下总有许多稀奇古怪的句子,为了找到它们,我恨不得变成老鼠,钻进故纸堆里把那些文字吃掉。

我不但要快速地读那些经史典籍,诗词歌赋,聪明的我为了提高效率还做起了笔记,我常常边做笔记边猜想着赵星辰有朝一日会写出这些句子,这样我们才算心有灵犀,才是真正的知音。读书读得实在太累的时候,我也允许自己做白日梦,梦里,赵星辰变成风流倜傥的白衣书生宁采臣,而我,可以穿越时空,更能穿越他的身体和心灵。我们皓衣如雪,花前月下,池畔山前,吟诗作赋,携手白头——多浪漫的神仙眷侣呀!

从此我只用粉红的眼影,描长长翘翘的眼线,涂粉润的唇彩,我对着镜子精致地微笑,每一天,我都会对自己说,我要端庄娴淑。我用长睫毛遮住眼里满是金属气的锐利光芒,我挑起嘴角,看饱满温润的嘴唇张开甜蜜的弧度。开始的时候,我需要憋住爆发了一大半的大笑,在抬腿跑起来时会一下子停下来,渐渐地我对自己端庄娴静的角色已经表演自如了。

这样,一年多的时间过去了,我终于足够古典、足够端庄,我终于可以接近赵星辰了。有一天,我对他说,有一副对联,意境特别无奈特别凄美,我非常喜欢,你能为我写这副字吗?

四

幽微灵秀地,无可奈何天。

我说给赵星辰时,他博学自信的眼神一下子迷惘起来,结结巴巴地说,什,什么?你再说一遍。

原来,他读经史子集诗词歌赋,却没有读《红楼梦》,最起码没有读透!

我沉默了一下，将那份胜利的喜悦藏好，装作漫不经心地再说了一遍，并顺口说，就是《红楼梦》第五回里，贾宝玉在太虚幻境里见过的那副对联。

然后，我在他的报纸的一角很漂亮地写下了那几个字，我暗暗练习好久的十个字像花朵一样在他的桌面开放。

他说，好吧，我练两天，有感觉时再给你写。

五

没等赵星辰写好那副字，我就发现了他的秘密。这让我一年多来的疯狂阅读戛然而止。

那天晚上就寝前，室友莫小宁说，她和男友江边散步时遇见了赵星辰。

猜猜赵星辰和谁在一起？

莫小宁意气风发精神饱满，有着糟糕透顶预感的我却喘息如牛、心跳如雷。

真没想到，赵星辰竟然同丁小南走到了一起。

丁小南？我感到我的头上炸开了霹雳。曾经，我和丁小南是那么相似：旁若无人地纵声大笑，像小兽一样抛出飞扬的果皮，与男生吵得天翻地覆，与老师理论，上课睡觉、看小说，画石膏像的漫长美术课逃到市区游逛……曾几何时，我还庆幸自己能悬崖勒马，回头是岸。为了赵星辰我已经彻头彻尾地改变了自己，但是，怎么回事呢？赵星辰喜欢的偏偏是那种风风火火的女孩。

六

也许那些民族的、经典的东西读得多了，再也回不到从前那个张牙舞爪、飞扬跋扈的我了。而且，我发现，不再揣测赵星辰会写什么，我仍然喜欢阅读那些精短的句子，喜欢文字里蕴藏的深邃，喜欢薄薄的一本小册子里字字珠玑。我没有得到如梦似幻的古装爱情，那些博大精深的文字却在那些孤寂的日子里润泽了我年轻飘逸的灵魂。

爱情不会成为一种习惯，但阅读可以。

那年冬天，当我把自己捂得严严实实，独自去江边散步时，我发现，赵星辰一点都不像宁采臣，他和爱恋里"让你的鞭子抽打在我身上"的男生一样，心甘情愿地喜爱着丁小南的嗔骂、暴打。甚至于要背着她走很长一段路。恋爱中的丁小南有层出不穷的花样收拾这个高高瘦瘦的大男孩，而他，也乐此不疲。

幽微灵秀地，无可奈何天。

忽然觉得，那一副字，他已经为我写好了，写在那个茫茫暮雪的江畔。那时，我已经在读《道德经》了。

那一场属于我自己的暗恋在冰天雪地里渐行渐远，我的悲哀不久也随风飘散，不过自此我爱上了图书馆——青春的花朵凋谢后，总会有累累的果实压在枝头。虽然没有收获爱情，却意外地得到了受用一生的热爱阅读的好习惯。

泉山的马灯

唐伯狼

　　阿鲁和宋祁刚刚爬上泉山半山腰的那片竹林，胡乱斜靠在几丛歪斜的竹林，大口地喘着粗气的时候，那个灰不溜丢的老头儿就出现了。

　　一张黑黢黢的脸庞像一个黑色的巴掌，直接就插在宋祁斜向着天空的面庞前。

　　"鬼……鬼呀……"

　　宋祁连连后退，最后不慎摔倒在了地上。

　　"嘿嘿，嘿嘿，额……"

　　老头儿有点抱歉地站在一边，有些不知所措。

　　他穿着土灰色的布衣服，有些花白而凌乱的头发上，夹杂着几片草叶的碎屑，半佝偻着的背脊上，背着一个破旧且粘着些泥巴和草青色的烂竹篾背篓。

　　最显眼的，要数他手里提着的那个灰黑色铁丝捆绕了几圈的老式马灯，中间还有一个灰黑的玻璃罩子。

　　"嘿什么嘿？出来个鬼嘛，也该先有个声儿噻！我还以为他们又追上来了！"

　　阿鲁急忙跑到宋祁跟前，一边恶狠狠地看着那个老头，一边连拉带拽地将宋祁从草地上扶了起来："我们走！烦死人了！"

　　也不怪阿鲁他们生气！

　　这次户外之行，是两人经过了无数次的努力，好不容易才从爸爸妈妈那里争取来的。

就在两个钟头前,开往泉山景区正大门的旅游大巴,在进山公路岔口休息时,这两个伙伴儿就被泉山的郁郁葱葱的树林给吸引了,竟然悄悄地"离群"行动了。哪知道,那个"讨厌"的导游阿姨死死地追着不放,竟然还喊了好几个团友紧紧追赶,说什么也要阿鲁他们回车上,一起行动。

虽然,后来好不容易甩掉了"大部队",可现在连躲带逃地跑到半山腰,着实把两个伙伴儿给累得够呛。

"累死我了!好好的心情,被这些人搅得乱乱的!"

"哈哈!难道你不觉得爽得不行!简直和探险一样,好玩儿极了!"

"倒也是!可是这老头儿出来得也太不是时候了,把我吓死了!"

"看样子,他应该是装可怜讨钱的吧?"

两个伙伴儿你一言我一语地往前面的山路走去。

"额,那个,咳咳咳……"

身后的那个老头还在喊什么,但最后被一阵咳嗽声给淹没了。

"果真没说错,这老头儿准备张口讨钱了!"

"不知羞耻!瞧他提的那个黑黑的马灯,就好像地狱鬼差的油灯一样,真是晦气!"

正说着,山路侧的山坡上,一条被人为踩踏出来的路,垂直着沿着山势往竹林和树木丛里插了进去。

"走,抄个近路!即便导游他们上来,也找不到我们!"

"恩,也正好甩掉那个臭老头儿!"

阿鲁率先冲了上去,宋祁随后。

小路上都是横七竖八的竹子和树木的残垣断壁,特别是地上的草,都被踩踏到凌乱的泥土里了,只有少许倔强的家伙,从两边向路中间伸展过来。

原本就很贪玩儿的两个家伙,这下乐坏了,兴奋不已地跟着小路在树林中左拐右拐,最后来到了一片乱石前。

乱石之上，地势陡峭，初夏的雾气萦绕在其中，依稀可见小路斜插着消失在茫茫山腰之上。

"听说泉山半山腰有草药的，难不成这是山里人采药的山路……"

阿鲁一副向往的样子，倒是宋祁有点惧怕地四下望着。

"也许……是吧！阿……鲁，要不我……们原路回去吧？"

"回去？好不容易有这么个冒险的机会！怎么能就此丢掉？"

"冒险？我们说好了，踏青、郊游、爬山，可没说冒险呀？"

"啊？是吗？难得出来一次，小小的冒险嘛！更何况，说不定前面就有采药人在等我们去救援啦！"

阿鲁一边说着，就一下跳到了陡峭的山势上，抓着一根树枝得意地摇摆了起来："宋祁，是男子汉，就跟上来！不然，你就自己回去！我是去定了！"

就这样，在阿鲁的蛊惑下，宋祁也只好一直跟着继续"冒险"。

后面的路，并没有想象的那么糟糕，过了大概一公里左右的陡峭小路，最后在树林深处变得平坦了起来，只不过，那里明显很少人去，很多杂草都再次占领了小路的中间。

两个伙伴儿在雾气迷蒙的树丛中肆意地跑着，乐着。

山里的天气说变就变！

也不知道过了多久，当两个伙伴儿准备找一个地方补充点食物的时候，树林里竟然下起了暴雨。

暴雨汹涌地从树林上方倾倒着！

两个伙伴儿在树丛里漫无目的的乱跑了一通，躲雨的地方没找到，竟然跑到了一处山体滑坡地方，还一下子丢失了那条原本就不明显的小路。

"天哪！前面的路断了，后面的路我们也丢失了！"

宋祁绝望地看着阿鲁，一下子瘫坐在了树丛之间。

"我……我想，我们迷路啦！"

阿鲁也有点猝不及防。

暴雨很快停了下来，可是，那些原本就仗势欺人的雾气，却更加是无忌惮,将树丛包裹得更加严实。

滑坡处鲜活的泥色,就好像一个大大的伤口,深深地刺激着宋祁他们本来就慌乱的神经。

"救命呀!"

宋祁绝望地瘫坐在泥泞的地上:"这下好了吧!冒险,冒出这么大个危险了!阿鲁,我……们该怎么办呀?"

"一……定能找到出去的路!"

他们一直在树丛中搜索着,但一点经验都没有的两个孩子,一直到夜色开始弥漫都没找到出路,最后竟然再次摸索到了滑坡的地方。

"我想,我们会饿死在这里的!"

"应……该不会吧!等天亮了!天气好了!就好办了!"

然而,事与愿违,原本就黑黢黢的夜色,竟然再次被暴雨包围了起来,两个孩子被无尽的黑暗、暴雨、寒冷紧紧地困在了一个矮矮的树桩前。

"有……有人吗?咳咳咳……"

那是一个沙哑但让人充满希望的声音。

"有人吗?"

"有人吗?"

"我明明看见他们从竹林边抄的小路,应该在这附近的!"

两个孩子几乎是同时从树桩边站起来的。

"那个声音怎么那么熟悉?"

"好像是导游的声音!还有那个胖团友的声音!"

阿鲁和宋祁顿时来了劲头儿。

"这里!这里!救……救命呀!"

"我们在这边!这边滑坡的地方!"

两个孩子向着声音传来的方向大声地喊着,渐渐地,一个昏黄的光线渐渐出现在了远处。

只有十几分钟的时间,而宋祁和阿鲁觉得那似乎经过了一个世纪,那缕昏黄的光线在他们眼里，简直比太阳还要明亮。

当导游寻找阿鲁他们的身影出现的时候，那个在半山腰竹林出现的灰黑的佝偻老头儿，正提着那盏马灯，站在前面。

"导游阿姨，我……"

"我们……"

大家还准备说点儿什么，老头儿提着马灯高高地扫视了一番。

"别说那么多！咳咳咳！快，快跟我走，这里很快就会再次滑坡的！"

只见原本萎靡不振的老头儿，这时不知从哪里来得那么大力气，拖拽着已经有些虚脱的阿鲁和宋祁。

一行人都不知道为什么，但都本能地跟着老头儿跑起来，朝着刚才灯光出现的那个方向，跑了过去……

"采药大爷的力气竟然那么大！我都听见他的骨头，发出'咯咯'的响声！"

"天啦！简直不敢相信，就在我们离开那里不久，山体再次滑坡了！"

"其实，开始在竹林遇见我们的时候，采药大爷就是想告诉我们今天山里有暴雨，叫我们注意安全……"

"可惜我们不听导游阿姨的话，弄得大家都没玩儿好！特别是，我们还误会了采药大爷……"

暑假的时候，阿鲁和宋祁带着几个伙伴儿，再次出现在采药大爷面前时，他们都有点后悔地说讨论着。

"我不明白，你们为什么买这么多的电筒呀？"

一同的安吉吉不解地问着。

"嘿嘿！"

阿鲁微笑着说："采药大爷的马灯实在是太老旧了！我们这次回来，就是要送些电筒！说不定，其他固执的孩子来玩儿时，这电筒能起很大的作用哟！"

"啊？"

宋祁一下子就急了："万万不要再有这样的事情发生了！"

看着宋祁后怕的样子，几个伙伴儿都笑了起来。

"嘿嘿！哈哈！"就连采药大爷也舒展开了那满是皱纹的脸。

宋祁和阿鲁他们发现，采药大爷的脸竟然是那么的漂亮那么迷人，就好像那天晚上的暴雨中，那盏闪着昏黄光线的马灯一样。

桃树下最美的光阴

薛俊美

　　童年是人一生中最快乐的时光，它的无忧无虑让人永不能忘怀。现在我在纸上写下"童年"这两个曼妙的字，那儿时的酸甜苦辣和赤橙黄绿青蓝紫，顿时向我扑来，将我包裹得紧紧的，挟我一起回到那难忘的小时候，那些桃树下美丽的光阴。

　　最早知道"童年"这个美妙的词，是老师在音乐课上教了一首歌，名字就叫《童年》，那优美的歌词让我们那群调皮鬼学了一遍就铭记终生：池塘边的榕树上／知了在声声叫着夏天／操场边的秋千上／只有蝴蝶停在上面／黑板上老师的粉笔／还在拼命叽叽喳喳写个不停／等待着下课／等待着放学／等待游戏的童年。现在想起来，这确实是我们童年时候学过的最美的一首歌，一经传唱，那动人的旋律至今还在耳边回响，其打动我幼小内心的作用一点儿也不亚于歌后王菲的天籁之音《传奇》。

　　记忆中最深的，是那个时候父亲身体已经有病了，不能上班，在家里静养。周末的午后，乖巧的我总是给父亲搬一张大大的藤椅，这对于当时只有六岁的我来说，那张藤椅真的是太大啦！我坚持不用任何一个人，哪怕是母亲的帮忙，我想凭借自己的力量给父亲安置好藤椅。我使出吃奶的劲儿，东倒西歪地一点一点儿挪动着藤椅，把藤椅小心地安置在院子中的桃树下。这个时候，父亲就拄着拐杖，慈爱地看着我。父亲看着我用劲搬动时憋红的脸庞，总是说一声："妮子，慢着点儿。"

　　我紧闭着嘴巴，把所有的力量都用在搬动藤椅上。当我把藤椅放好的时候，才会骄傲地仰起脸："爸爸，你的小闺女能干不？"然后跑到父亲的身边,撒娇地摇晃着他的胳膊,那个时候的我已经知道了父亲的病情,所以只是佯装摇一摇。父亲笑起来,用手掌爱恋地拍拍我的脸颊,说:"我闺女长大了,长大喽!"

午后的阳光斜斜的,透过树缝投射在父亲的身上了,好像给父亲镀了一层金辉。父亲闭上眼睛,眉头微微皱起,用手按压自己的身体。我知道,病痛又在折磨父亲了,我的眼泪就不听话地掉下来。有几颗就"啪嗒"落到地上,父亲就强打笑容,朝我摆摆手,我扑过去趴在父亲的膝盖上,父亲用手缓缓地拍着我的后背,可是那种温暖我以后再也没有机会得到,永远也不会有这样的温暖了!

风起了,树上的桃花簌簌地落下,有一片粘在了我的头发上,父亲用瘦削的手,笨拙地帮我取下来。我握住父亲的手掌,紧紧地、紧紧地贴在我冰凉的脸上,小小的我是多么想留住这份温暖啊,多么想要父亲陪着我走一生一世啊!

可是,过了没多久,父亲就撇下我们,一个人走了,甚至都没来得及留给我一句话!那时的我只是流泪,还不太懂得父亲的离去给我带来的伤痛。直到我长大成人后,读到高尔基的《童年》,那里面有一段话描写了阿廖沙父亲之死,正是这段话让我在容纳多人的图书馆失声痛哭:"在幽暗的小屋里,我父亲躺在窗下地板上,他穿着白衣裳,身子伸得老长老长的,他的光脚板的脚指头,奇怪地张开着,一双可亲的手安静地放在胸脯上,手指也是弯曲的;他那一对快乐的眼睛紧紧地闭住,像两枚圆圆的黑铜钱,他的和善的面孔发黑,难看地龇着牙吓唬我。"

每次想到这儿,那份痛楚就吞噬着我的心,让我痛不欲生。至今,我见不得路上人家父女挎着胳膊一起走路的情形,每次见了,心都会疼好久好久,我是多么希望那个挎着父亲胳膊撒娇的女孩是我,是我啊!

写到这儿,我忽然明白,我之所以对逝去的童年念念不忘,实在是因为我的童年记忆中有父亲的影子啊!那里,有我想要的父爱和温暖,我可以撒娇,可以耍赖,可以调皮……如今,父亲远在天堂,我又向谁去撒娇,向谁去

耍赖，向谁去调皮？唯有泪千行。还有几天，就是我的生日了，虽然我会如往年一样，得到很多的祝福和生日礼物，可是我最想要的生日礼物只有一件——就是父亲的拥抱。我只求父亲轻轻地抱我一下，这对于别人家的女儿来说，是不算太奢侈的一个要求吧。可是，我却永远也没有机会了……

童年，永远鲜活在我的记忆中，我一遍一遍地温习枝叶婆娑的桃树下我和父亲的相依相偎，泪眼蒙眬中，高大慈爱的父亲大踏步向我走来，向我张开了他健硕的双臂……

我含着泪，轻轻哼唱：阳光下蜻蜓飞过来／一片一片绿油油的稻田／水彩蜡笔和万花筒／画不出天边那一道彩虹……

片片桃花瓣纷纷洒落。美丽的桃花瓣啊，请你们落向大地的时候，捎去我对父亲的深情思念，好吗？老爸，女儿会精彩地活好每一天，但若干年后的某天，等我故去，我们天上见！

第五辑

上帝没有答应送你一座玫瑰园

　　上帝就像一个卖书匠，他也并没有答应送我们每个人一座玫瑰园。天光云影，光便光，暗便暗；云影来便来，去便去。灾难与疾患来了，那就让它如实地存在。印度的拉马纳尊者说："你们时常为那些发生在自己身上的好事而感谢上帝，却不会为了降临在自己身上的坏事而感谢它，这正是你们所犯的错误。"确实。事哪有好坏，玫瑰园和垃圾场同样存在。说到底，不管世路荆棘几多，坎坷几多，不公不平不正有几多，玫瑰总归是要自己种的，种在心里的玫瑰园也要自己经营，自己负责。

半途而悔

孙道荣

单位组织旅游,景区里有一座山,导游说,山顶有一个绝佳的观景台,可以观览景区全貌,但山路有点陡峭,会比较辛苦,愿意爬的人,就和他一起登山,不愿意的人,可以在山下的景点随便转转。辗转了几百公里来到这里,就是为了看景的,当然要攀登上去,除了几个年龄大体质弱的老同事外,其他人在互相鼓励下,都跟着导游上山。

一路欢声笑语。爬到半山腰,山路骤然变窄,一侧是峭壁,一侧是断崖,崎岖而险峻。个个气喘吁吁,面色凝重。抬头仰望面前看不到尽头的陡峭山路,几个同事开始后悔了,早知道山路这么艰难,就不爬了,有人打起了退堂鼓。都已经爬到半山腰了,咬咬牙,就爬到山顶了,在众人的勉励下,后悔的几个同事发生了分化,有的咬着嘴唇,表示继续攀爬,另外两个同事则坚决不肯再往上爬了,两人掉头而返。

总算攀上了山顶。站在最高的山岩上,往下俯瞰,整个景区云雾袅绕,恍如仙境,与我们在山下所见,迥然不同。山风吹在脸上,更是宛若仙人拂面,清凉惬意之极。几个在半山腰还后悔的同事,显得比其他人更激动,差一点就错过了这绝佳的风景,要是真的半途而返,这一趟就算白来了。

回到山下,两个半途下山的同事,与几个坚持上山的同事再次相遇,双方互相调侃,说出的话竟然都是"你们后悔了吧?"半路下山的同事,认为爬到山顶的同事,一定后悔没有和他们一起下山,爬得又累又险;而坚持爬到山顶的同事,认为他们半途而废,遗憾没能看到美妙的风景。

很多时候,只要坚定信念坚持到底,你就会成功地站在巅峰,看到不一样的景致，并庆幸自己没有因为半途的悔意，而动摇放弃。

我有个同学，在几个朋友的撺掇游说下，辞去了公职，合伙办了一家当时前景看好的外贸公司。几个人利用各自原有的人脉优势，一度将生意做得很红火，之后又追加资本，以求将雪球滚得更大。熟料好景不长，就在公司稳步增长的时候，恰遇重创全球经济的金融危机，外贸生意一落千丈，他们的生意也跟着遭遇滑铁卢，订单越来越少，眼见着公司就要维持不下去了。这时候，同学开始后悔了，后悔自己当初听了他们的话，贸然辞职；后悔选择了这个利润和风险都很大的外贸生意；后悔将自己的全部家当，都追加了进来……总之，看着眼前的颓势，同学的肠子都悔青了。于是，同学萌生了退意，几个合伙人轮番劝说，分析形势，晓以利害，认为只要再咬咬牙，坚持过这段困难时期，世界经济必然复苏，外贸生意也必将迎来第二个春天。然而，同学去意已决，断然抽身，用残余的资金，开了一家小卖部，艰难度日。谁知道第二年，各国刺激经济计划显露成效，全球经济开始复苏，外贸订单像雪片一样飘来，同学原来参股的外贸公司乘势而上，很快扭转颓局，创造了一个又一个市场神话。这一次，我的仍然守着小店过日子的同学，又一次悔青了肠子。

还有一个更极端的例子。我的一个远房侄子，大学毕业之后，没有去找工作，而是全力以赴考研，第一年，没考取，第二年又差了几分而名落孙山，眼看第三年了，何去何从？这时候，和他一起毕业的同学，有的早考取了公务员，有的已做了企业白领，有的虽然在私企但也已经升了职，自感一事无成的他，忽然后悔自己考研的选择，如果一毕业就参加各种招考的话，说不定自己现在也是某个机关的公务员了。想到这，他决定放弃考研的梦想。通过父亲的关系，他进了一家单位，过上了朝九晚五的稳定生活。几年之后，当初和他一样，几次考研失败的同学，最终都考取了理想的学校，有的后来还考上了名校的博士，发表了几篇很有分量的论文。这时候，他又后悔了，后悔自己当初怎么就没有恒心，如果也像他们一样坚持，自己也一定能考上研究生的。然而，重走考研路，他已经没有信心了，他决定另辟新路，辞掉工作，自己开一家网店，只要生意做大了，钱挣得足够多，一样体面。进了这一行才发觉，网店太多，生意根本不像自己想象的那么好做，几年下来，只是勉强维持。回头再一看，自己原来单位的几个小同事，通过竞争上岗，竟然一个个都走上了中层管理岗位。这一次，他又后悔了，要是坚持在那家单位上班，无论是凭自己的能力，还是资历和关系，他都不会输给他们。

一次次的半途后悔，一次次的半途而退，使我的这位远房侄子，一次次陷入迷茫和无措的境地。我知道，不管他选择什么，如果不能坚持，下一次的后悔，一定还在半路等着他。

半途而悔，不能坚持，是很多挫败的根源。除非走到一半，发现这是一条死胡同，断头路，否则，永远不要在半路上后悔。

上帝没有答应送你一座玫瑰园

凉月满天

　　一个女人，病得很严重。她进入由病友组成的圈子，躺在她们围成的圆圈里，有一位女士为她祷告，希望她能治愈。她感到平静和安心。

　　可是她仍旧在想：为什么是我呢？我没有做过什么坏事啊，为什么报应会来到我身上呢？然后又会想：凭什么呢？那些被同样的苦难折磨的人那么多，我凭什么要比他们幸运呢？为什么我们每个人就不能不经受苦难折磨呢？

　　她疼痛，然后切身感知到了别人的疼痛。就像她和别人原本是一只被利刃分剖开的瓜，借由疼痛，又长在了一起；又像一个孤岛，借由不幸和别的孤岛重新联结。她希望自己能够活得久一点，好把自己经由疾病学来的东西化为荧光，帮助别人度过重病将死这段幽深晦暗的路。

　　就这样，病痛好像一把刀，把她混沌麻木的感知划开，又好像打开一扇窗，使她看到更辽远阔大和幽深细微的世界。死亡就在不远处，它是钉子，是荆棘，是禅师，是星，是月。

　　有一部很老的电影，叫《狗脸的岁月》，故事主角是一名十二岁的小男孩。他母亲死了，他的狗儿被带走了，他被迫离开自己的家园。"还不算太糟，"他说，"因为可能还有更糟的事，譬如那个刚做完肾脏移植手术的人，他很有名，你在电视新闻上可以看到他。但他还是死了。"他的名言就是："情况可能更糟，你一定要记得这一点。"所以，"其实和许多人比较之下，我算是非常幸运了"。

　　这么说来，我们每个人都是幸运的。死亡哪怕就在不远处，我们还活着,对不对? 就算我们很快要死,可是我们看到了别人看不到的东西,我们的心胸甚至比以前更阔大,更慈悲。

当我在看守所见到这个男孩子的时候,不由被他清清秀秀的眉眼吸引。他不过十七八岁,繁叶初花一般的年纪,却因为敲诈、抢劫比他幼小的人而身陷图圄。而且很奇怪,被他欺负的全都是小女孩,最大的不过十五岁,最小的只有十来岁。这样一个师范学校的学生,将来是要教书育人、传道授业的,如今却坐在铁窗里面和我相对而视。

"你为什么要这么做呢?"

他莞尔一笑,笑容很好看,脸上笼罩一层青草汁一样新鲜的青春:

"你看吧,我老爸爱上别的臭女人,和我妈离婚了。我妈跪着求他不要离开,他都不肯。我妈难过得自杀,躺在医院里,我给爸爸打电话,说让我爸来一下,我妈想见他,那个臭女人在旁边说:'都已经离婚了,还见见见,见个鬼!'结果我妈到死都没有能再见上我爸一面。到现在我没有吃,没有穿,没有爸爸妈妈疼爱,都是那个臭女人害的! 你说,我该不该报复女人?"

"可是,"我心痛,"因为那个女人害了你和妈妈,你就要害别的女孩子吗? 你可知道,你的行为,给她们造成多大的痛苦?"

"我管她们痛苦不痛苦,谁又管过我的痛苦!"

谈话进行不下去了,他眼里闪动着和年龄不符的毒恨和阴狠。

这个孩子心中有根刺,是别人给他扎上去的,然后他又拿出来像匕首一样乱刺,把身边的人都扎得鲜血淋漓。

可以说这个孩子偏执成狂,也可以说他求告无门,不惜以命相酬的冤深似海。无论怎样,它都让我无法超然对待,只觉深重到无力的悲哀。世间苦情也多,倒不如遗忘一些些。当收手时收手,当放下时放下,腾出光阴好种花。

董桥的书里提到英国伦敦一个卖书的老先生,从不对客人做推荐,客人不免一边付钱一边抱怨,说是不知道书买回去合不合意,老先生说:"我并没有答应送你一座玫瑰园! 你再翻清楚才决定要不要吧。"

上帝就像一个卖书匠，他也并没有答应送我们每个人一座玫瑰园。天光云影，光便光，暗便暗；云影来便来，去便去。灾难与疾患来了，那就让它如实地存在。印度的拉马纳尊者说："你们时常为那些发生在自己身上的好事而感谢上帝，却不会为了降临在自己身上的坏事而感谢它，这正是你们所犯的错误。"确实。事哪有好坏，玫瑰园和垃圾场同样存在。说到底，不管世路荆棘几多，坎坷几多，不公不平不正有几多，玫瑰总归是要自己种的，种在心里的玫瑰园也要自己经营，自己负责。

输在起点，赢在终点

卫宣利

有两位朋友，她们出身不同，性格迥异，人生的起点相差悬殊：A 是出身书香世家的大家闺秀，父亲是大学教授，母亲是医生。她在优越家境的滋养中骄傲地成长，从小就被父母精心调教，琴棋书画无一不精。人漂亮得像个洋娃娃，又聪敏灵慧，从幼儿园开始就是所有人眼中的明星。她的少年时代光芒万丈，从小学到中学一路读下来，她的成绩不断刷新着全县乃至全市第一名的记录。高考时她以高出分数线 23 分的成绩，被清华录取。她像一颗璀璨耀眼的明星，前程似锦畅通无阻。

B 家境普通，长得也普通，细眼淡眉，发黄稀疏，像乡野里不起眼的小草。她年幼失母，父亲做小生意养家糊口，对她疏于照看。为了让她接受良好的教育，父亲举债把她送入那所重点中学，也因此使她得以和 A 做了同班同学。但是她生性倔强，桀骜不驯，读初二时因为看不惯老师偏待优等生和老师大吵一架，此后逃课、早恋、泡网吧玩游戏……她成了老师眼里的问题女孩，高中只读了一年就被强烈要求辍学。回家后又因无法忍受父亲的责骂而离家出走。

从此，她就开始了一个人在异乡漂泊的生活。在那段最灰暗不堪的日子里，她住过潮湿阴暗的地下室，因为交不起房租，在凌晨一点被房东赶出来，一个人在寒风凛冽的冬夜流浪街头。写过小说，在久等稿费不至的日子里，她吃了整整两个月的清水挂面，直吃到此后看见挂面就产生强烈呕吐的生理反应。在小饭店打过工，每天洗菜刷碗端盘子，一双手被劣质的洗洁精泡得密密麻麻全是炸裂的血口子，如此辛苦，也只为能填饱肚子。后来，她多少攒了一点钱，开始自己摆地摊卖袜子，曾被城管追得满街跑，也曾被不良的供货商欺骗……

彼时，A在环境优美的大学校园里，安闲舒适地读书，开始浪漫甜蜜的恋爱，毕业后继续考研，不久后又被父母送出国。出国前，她和男友分了手。一年后，在浪漫之都巴黎，她再次邂逅了自己的王子，一个俊朗优雅的翩翩公子。她在最丰美的季节结婚、生子，此后便安心做全职太太相夫教子。她的人生圆满如意，一切都按部就班水到渠成。

而B，就像上帝故意要造就一个励志姐，所以让她经受了格外多的坎坷和折磨。她开小店，开大店，开连锁店，她的事业磕磕绊绊几经周折，总算一点点的，有了成功的模样，却在一次金融危机中破产。可她不屈不挠，从头再来。在最落魄的时候，她每天夜里都会忽然从梦里惊醒，她害怕自己住的那套60平米的小房子，会因为还不起贷款而被扫地出门。

她的婚姻也同样一波三折，数次恋爱无果，30岁才结婚，不到两年老公出轨，于是果断离婚。去年，在她的第五家连锁店开业的同时，她第二次迈入婚姻的殿堂。婚礼上她笑靥如花，自得意满。这一年她35岁，她不再是当年那个青涩叛逆一无所有的女孩儿了，她成熟练达从容自信，岁月的风霜却并未在她的脸上留下痕迹，反而愈加光彩照人别有韵味。她身边的男人笑容醇厚，对她呵护有加。

同是这一年，在广州的订货会上，B意外遇到了回国发展的A。多年未见，憔悴黯然的A令B诧异不已。在咖啡馆里聊起来才知道，A与外籍老公因对方家暴而离异五年，所生一儿一女的抚养权皆被前夫夺走。她走投无路唯有回国，现在一家私营企业做管理。繁忙的工作，对孩子的思念，前途渺茫孤苦无依，内忧外患令她身心俱疲，当年的风采早已不复存在。

一杯咖啡喝到最后，两个女人都感慨不已。人生是一条漫长的跑道，她们曾经站在不同的起点，一个花团锦绣，一个荆棘丛生；一个平步青云，一个历经坎坷。然而当她们经过各自人生的历练之后，最终的结局却大相径庭。

所以，在人生的跑道上，不必过于在意起点的优劣。如果你不幸被上帝放在一个恶劣的起点上,不要灰心失意自暴自弃,只要你勤奋努力,只要你不怕输,只要你能一次次地从泥淖中站起来,它一定会给你不断修正的机会,让你的人生一点点地圆满起来,最终赢在终点。

要吃自己的火腿

赵 谦

腾王公司的年轻老板王宇清这两天有点心烦意乱的，干什么事情都打不起精神来。事情还得从上周说起。

他的女朋友李煜荷说自己快研究生毕业了，要赶着写论文，想在腾王公司见习一段时间。王宇清满口答应了。他心里早就巴不得李煜荷来自己公司了，这样可以让她见识一下自己的事业，不算炫耀的话，至少可以让她知道自己不是平庸之辈。因为这个女孩让他追得很苦。那时，他参加一个本省企业家经济研修班，研修班在一所著名大学里，李煜荷是这所大学的全日制大学生。在一个偶然的机会，他们相识了。她的美貌，她的气质和才华都让他为之倾倒。这让他相信，梧桐树上还真的有金凤凰。李煜荷老家在农村，却如此优秀。

让他痛苦不堪的是李煜荷对自己的追求，一直是躲躲闪闪的，说是她在拒绝吧，他想不出理由，自己无论在做人还是在做事方面都是无可挑剔的，追求自己的女孩排成队能蜿蜒好几里。难道这就是传说中的欲擒故纵？他不敢肯定。因为据他所知，追求她的人也不少。不过他感觉李煜荷还是倾向于自己的，他已经到过她的老家两趟，她的父母对自己也很满意。他两人只是没有进入谈婚论嫁的实质阶段罢了。

当李煜荷提出要来滕王公司见习的时候，他感觉到机会来了。在这样一所集生猪屠宰与肉食加工为一体的现代化的大型企业走一遭，就会有一种不一样的感觉。可是没想到，在公司里待了不到两个星期，她竟然不辞而别了。而且打电话她一直处于关机状态。难道她出什么事了？他一直担忧着。

今天一大早，他起床的第一件事就是继续拨打李煜荷的手机，让他意想不到的是这一次竟然打通了。他忙问她现在哪里。"在老家。"并淡淡地反问你有什么事吗？没有了往日的热烈。"还问呢，你都快把我急死了。"王宇清喊道。可是再要说什么时，李煜荷已经挂断了电话。

王宇清二话没说，立刻驱车前往李煜荷的老家。两百多里的路程，尽管有不少山路，他还是用了不到两个小时就到了。

好像知道他要来似的，李煜荷已经在村边等着呢。一下车，王宇清就笑着说："看到你我心里才踏实，这几天可把我担心坏了。"说着就要来拥抱李煜荷。李煜荷却拉开车门，上了车。王宇清无奈地摇了摇头，随后上了车。"你家里有事吗？"王宇清也上了车问。李煜荷摇摇头说："没有啊。""那就好，在公司里感觉还好吗？"李煜荷回答："很好啊，规模大，效益好，连杀猪的方式都采用最人道的那种无痛苦杀法。让人佩服。你想得很周到。"王宇清听了很骄傲。车围着村子转，来到村小学。里面传来琅琅的读书声。李煜荷说："孩子们用了你捐助的电脑，高兴得很呢。"王宇清笑着说："小 case，奉献爱心，责无旁贷。"李煜荷知道他这说的不是假话，到目前为止，他一共向外捐献了数百万的款物。对于一个正在扩展中的企业来说，是难能可贵的。

到了家里，也赶上要吃饭了。李煜荷的父母连忙收拾桌子。李煜荷从厨房里端来一大碗菜团。她妈妈还想上其他菜，被李煜荷用眼神阻止了。这没有瞒过王宇清的眼睛。他越发疑惑起来。于是装作高兴地说："还是野菜好吃，好久没有吃到了，环保健康。"李煜荷又取出来两根火腿，说道："这是腾王的火腿，你可要多吃点噢。"说着就切了一大盘。腾王的肉食产品在市场上占据了很大的份额。无论是城市还是农村，都大受欢迎。这让他很自豪。可是，这菜团也太难吃了，没有放油不说，好像连盐也放得很少。"傻瓜，吃火腿啊。不会是因为加工肉食的，连肉都吃腻了吧？我们村里人，尤其是孩子们，可喜欢你们的火腿了。""真的不想肉了，我还是喜欢吃野菜。"王宇清说着又往嘴里塞了两口。

李煜荷边吃边说："自从你上次来给村民讲了堂关于食品营养和食品安全的课后，我们这里的人们才发现原来山上有这么多宝啊，都争着吃野菜和瓜果。他们说要好好谢谢你呢。"正说着，邻居家小姑娘端着一碗肉进来了，说道："听说王叔叔来了，我爸爸让我端来一碗排骨给王叔叔吃。你一定多吃点啊，我们喜欢你送的电脑。"说着还把一袋子东西放在了门外。

王宇清还真想吃，不过到底他还是忍住了。饭后，他陪李煜荷的爸爸聊天。"别聊了，快跟我干活去。"李煜荷说着就出去拿了工具，王宇清跟了出来。"干什么活啊?"李煜荷就把邻家小姑娘丢下的一袋东西拎起来。来到一处果园，她让王宇清在一棵果树旁边挖了个大坑，然后把袋子里的东西倒了进去。"这是猪的血脖肉，邻居二叔今天杀了头猪，自从你上次来给村民讲课后，大家都知道这东西没经过检疫，危害大，不能吃，所以每次都要扔掉。"李煜荷边干活边说。

"对，对，对，就应当处理掉，这东西非常不安全。"然后感慨道："没想到，我就讲了一次，村民们就这么重视，真是难能可贵啊。"

李煜荷说："是啊，村民们都能很快记住，可是有的人，虽然国家三令五申，但都置若罔闻，我行我素，拿百姓的健康当儿戏，是不是非常可恶可恨啊?"王宇清一愣，看了李煜荷一眼，有点语无伦次地说："是，是啊，有，有么?"李煜荷站起来，已经是气愤不已，说："你还装聋卖傻，我说的就是你呢!"

王宇清一句话也不说了。原来，李煜荷在腾王公司待了几天，一开始感觉公司非常好，检疫环节齐全。但有一个步骤没有逃脱她的眼睛，那就是国家明令禁止的血脖肉没有经过任何处理就加工成了火腿肠和肉馅。她万万没有想到表面光鲜、现代的腾王公司竟然也做这种见不得人的事情，所以非常失望。

王宇清还想解释什么。李煜荷余气未消，说道："我当然知道你想说公司要追求利益的最大化，可是也不能昧着良心赚钱啊。吃饭的时候，我故意让我妈准备了这两样，就是要考验一下你，现在不少做食品的人都不敢吃自己生产出来的东西,你也不例外,宁愿吃难以下咽的菜团,也不动你腾王的火腿。我没有说错吧,年轻有为的企业家?"

王宇清感觉无言以对,只是低着头。然后才小声说道:"不敢吃自己生产的东西,你说得不错,我们圈子里这种现象还真不少。"这时,旁边走过正上学的小学生。李煜荷指了指他们,刚想说什么。王宇清赶紧打断了她,"小荷,我知道你想说什么,一定说我一方面做慈善,一方面又坑害人,对吧?"

李煜荷说:"算你聪明,可是以你的聪明,应该明白,搞慈善的前提是,钱要来得干干净净。还要明白,现代条件下,哪怕一根小小的稻草也会压垮一个企业的,如果不知自重自珍的话。又不是没有先例。"

王宇清彻底无语了,过了一会儿说:"真的错了,要不这样吧,你也别东奔西跑地找工作了,就到腾王公司做质量总监吧。"

李煜荷说:"行,不过你要小心了,我会连一粒沙子都不会放过的。"

王宇清挠挠头,说道:"我有思想准备,你今天给我上的这一课,一辈子也不会忘记。百年企业不是挂在嘴边的。"顿了顿他又说道:"不过我的聘书要和咱俩的结婚证书一块出来。"

李煜荷脸一红,说:"美得你。"

爱你没谎言

赵经纬

秦江科技大学的女大学生李惠最近有件心事：两个男生同时向她射出了丘比特的神箭！虽然李惠心里更喜欢许巍一些，但是唐风却也不甘示弱地对自己死缠烂打。怎么办？李惠把心事向同宿舍的姐妹们一说，姐妹们异口同声地给李惠出了个招：考验！

五一黄金周，班长搞来几张团体票，是去登长城的。李惠生在平原，从小就梦想着到高山上去看看风景，去大吼几声，能登上长城无疑具有极大的吸引力了。李惠赶忙报了名。看着李惠报了名，许巍和唐风也争先恐后地跟班长套近乎，各自弄了一张票。

登上了长城，举目望去，李惠顿觉心旷神怡。走到了居庸关一段，李惠发现前面围着好多人，就走了过去。只见前方的长城墙面上刻着"爱情长城"几个大字。城墙边上有位女士正在介绍说情侣花999元即可认购"爱情墙"上的一块城砖，并可在上面随意刻字。李惠心想，这倒是检验许巍和唐风的一次绝好的机会，就站在墙砖下故意不肯离去。

李惠发现许巍和唐风都把手伸进了衣兜。很快，唐风拿出钱包，在里面麻利地数出一千块，交给了介绍的那位女士，然后拿着女士递给他的刻刀在墙砖上用力刻下了"唐风永远爱李惠"几个字。李惠心里漾起一丝甜甜的感觉，但同时又有一丝遗憾，因为许巍不知道什么时候不见了踪影。

回去的路上，唐风坐在李惠身边，海阔天空地和李惠闲聊。李惠一面应承着，一面用眼角瞥见许巍正和同班的女同学坐在一起有说有笑。李惠心里想，原来许巍根本就没拿自己当回事，怪不得许巍没有舍得为自己花钱刻砖呢！

回到校园，李惠接受了唐风的追求。李惠慢慢知道，唐风的父亲是个商人。李惠是个充满浪漫理想的女孩，但也很现实。她一方面为唐风殷实的家境感到满意，另一方面也有些莫名的不安，她觉得这样的男朋友让她没有安全感。不过唐风对李惠的呵护备至又让李惠深深地感动。唐风开玩笑说，等毕了业，我们两个就结婚，你一定要给我生个胖娃娃！李惠总是含笑不语。

转眼，放暑假了，唐风单独约了李惠又来到了居庸关的城墙脚下，李惠看着那块刻了字的墙砖，深情地望着唐风。两个人玩得很尽兴，但李惠突然觉得很疲惫，于是就地分手各自坐车回家了。

回到家里，李惠整整睡了一天，她不知道自己为什么莫名地觉得疲惫。李惠去了医院检查，原来自己的子宫里面竟然长了好多肿瘤，弄不好要切除子宫！李惠吓得心惊胆战。李惠打电话将自己的病情告诉了唐风。当唐风风尘仆仆地赶到李惠身边时，李惠将一个极坏的消息告诉了唐风：为了安全起见，自己已经擅自同意把子宫切除了，恐怕再也不能有小孩了！唐风拥着李惠，两个人哭成了泪人。

就在两个人悲痛欲绝的时候，唐风接了一个电话。接完电话后，唐风向李惠道了一声保重，就匆忙地告辞离去了，李惠感到一阵心寒。

起初，李惠还能接到唐风嘘寒问暖的电话，可是慢慢地就没有了唐风的音信。极度伤心之中的李惠拨通了唐风的电话，平静地说了一句，我们分手吧。没想到李惠听到了唐风更为平静地回答，好吧。

开学了，李惠碰见了唐风，两个人都欲言又止。李惠发现唐风一如自己，也消瘦了、憔悴了。然而李惠知道彼此已经没有任何关系。李惠只想沉下心，好好完成最后一年的学业，忘了这份原本就虚无缥缈的恋情。

但是李惠发现，这时候许巍在有意地接近自己。也许许巍还对自己有意吧。可是，李惠这时候已经不敢再轻易相信任何男人的话，不敢轻易接受任何男人的爱意了。不过许巍并没有急着向李惠示爱，只不过是给李惠无微不至的关怀和爱护。

学完了编程和网页制作，老师给学生们布置了作业，要学生们有创意地设计应用。两天后，就在大家还刚刚着手起步时，许巍的作业已经完成了。在网络教室里，许巍打开了网页，展示在大家眼前的，是一面光辉逼真的城墙。许巍说，这是一面"爱情墙"，我制作这面"爱情墙"是为了一个女孩。当初我没有能力拿出999元购买一块长城墙砖刻下我对她恒久不变的爱情，今天我建立了这个网站，让我对她的爱在此永久安家落户！许巍哽咽了一下，接着说，这面爱情墙，只要写下话语，就永远不可删除。所以，不管那个女孩发生了什么，我对她的爱都永远不会改变！另外，这面爱情墙，是免费的，它将是所有真心相爱的恋人的爱情家园！听完许巍的话，李惠心乱如麻。她为许巍的痴情而感动，为自己当初对许巍的误解感到内疚，更为自己当初的选择而懊悔。

许巍一如既往地关心着李惠，李惠的心也慢慢靠近了许巍。毕业后，两个人应聘到北京同一家电子公司。许巍还精心地维护着他的网站，而李惠上了网便会到许巍的网站转一转。半年后，李惠终于在许巍苦心设计的那面"爱情墙"上刻下了自己的名字，接受了许巍的爱情。

李惠问许巍，你喜欢孩子吗？许巍说，喜欢啊。李惠伤感地说，我不能生了，你不介意吗？许巍笑笑说，有你就是我的一切。李惠紧紧地抱住许巍，流着泪水说，我一定会给你惊喜的！

许巍真的没有想到，惊喜果真来了，结婚后，悄无声息的，李惠竟然怀孕了！许巍手舞足蹈的，高兴得像个孩子。在医院里分娩的那一刻，许巍拥着李惠哭了。许巍说，这是真爱的力量！

孩子满月了。许巍一个人忙前忙后，在家里置办了一桌丰盛的席宴。因为喜悦，许巍喝了不少红酒。当许巍醉醺醺地倒在沙发上时，李惠将他扯了起来，并告诉了他一个惊人的秘密：李惠能够顺利怀孕并生下孩子，是有隐情的。李惠当初被医院检查出的子宫肌瘤并不是恶性的。李惠之所以对唐风说是恶性肿瘤并摘除了子宫，是她对唐风的又一次考验。没想到，纨绔子弟毕竟没有专情。唐风果真没能经受住考验，竟然抛下李惠逃跑了！李惠当时伤心不已，但同时也暗自庆幸，毕竟自己识破了唐风的真面目。于是，李惠平静地和唐风分了手。

听完李惠的讲述，许巍也道出了一个让李惠吃惊的隐情：唐风当初的"逃跑"也是别有缘由的。其实，当初李惠隐瞒病情的做法并没有骗得了唐风。唐风软磨硬泡医务人员，终于知道了事情的真相。但唐风并没有怪李惠，他想李惠这样做，或者是深爱他，或者是已不爱他。可就在这时，唐风接到了母亲的电话，说家里有急事要他回去。回到家唐风才知道，父亲在生意上失利了，除了将以前的资产全都赔净外，还欠下了一大笔债务。父亲遭受了巨大的打击，跳楼自杀了。唐风知道，父债子还，这时的自己不再是以前的阔少了，已经变成了一个穷光蛋！唐风更知道，自己也许很难再给李惠幸福了，所以，在他听到李惠主动提出的分手的要求后，就平静地答应了。开学返校，唐风找到许巍，告诉了许巍李惠的病情，并流泪恳求许巍照顾好李惠……

许巍没有说完，泪水已在李惠的眼角情不自禁地滑落。此刻，李惠深深地感觉到，遇到唐风和许巍这样两个男人，是自己今生最大的幸福。那刻在居庸关的城墙上的，和那刻在网络上的爱的诺言，原来都是真实的！

相比之下，李惠觉得，自己处心积虑地对两个男人的考验是那样的浅薄！李惠在心中满怀愧疚地对唐风默念了一句保重，然后告诉自己，坐在眼前的许巍更是值得自己一生珍惜的爱人！然而，李惠没有再说什么，她只是紧紧握住了许巍的双手……

我们不是一群鲁莽的狼

刘　敏

安如意从桌子上慢慢站起来，望着老总刚送来的一株还魂草，上面还有一张纸条：这是我欠你的。安如意笑了。

一

那是一年前的事了。安如意毕业于成都一家专科学校，虽然文凭不高，但是面对即将到来的中国百强企业的招聘会，她显得颇有信心。

安如意看中的是一家瓷器公司的分公司经理职位。招聘会那天，她不慌不忙地把简历送了上去，接简历的是个戴墨镜的年轻人，他问："什么学历？""专科。"年轻人头也不抬地说："对不起，我们不需要专科生。"安如意却底气十足地说："不面试，怎么知道我不行。请你先看了简历再做判断。"

年轻人有点惊讶地看了她一眼，目光停留在她的简历上。过了几分钟，他转过身，拨打了一个电话，然后说："总经理在植物园等你。"安如意走过去的时候，年轻人摘下了墨镜，透过镜片，安如意看到了一张俊美的脸。

植物园，一个老头和几个西装打扮的年轻人闲逛着。安如意知道那就是总经理，还没走到跟前，老头的目光便如箭射过来，老头说："你很优秀，头上也有很多光环，但商场如同战场，虽说冲锋陷阵很重要，但更多时候，拼的是智慧和耐性，你可有准备？"安如意说："那我就做小草，只要有丁点水，我就能活下来，直到一步步地蚕食整个地面。"老头会意地笑了。

安如意知道她赢了，并不是因为锋芒毕露，而是因为她的韬光养晦。

二

安如意第一天上班，是老总亲自在门口接的。一个月后，老总又亲自把她送上了到长沙的飞机，老总说："现在你的任务就是去湖南开家分公司，然后逐步打开市场，你身上的担子不轻，之前我们曾几次想打入湖南市场，但都失败了。湖南本地的瓷器品种太多，排外意识也很强，你要能忍，像还魂草一样不言放弃。"

"还魂草！"安如意笑了："我听说过这种草，它长在陡峭的崖壁上，枯水时，会缩成一团，一旦空气湿度增加，便会变身为一株绿色小树，亭亭玉立。"

安如意下了飞机后，马上开始了分公司的选址工作，在经过大量的实地考察后，她将分公司地址选在了火车站的附近。安如意的这个做法立刻引来了总公司的种种猜忌。但安如意有自己的想法，因为是郊区，地价相对便宜，可以为公司节省不少成本，再加上靠近火车站，运输起来也相当方便。

三个月后，分公司生产出来了第一批瓷器。安如意又做了大量的市场调查，她将目光对准了正在建设的几栋居民小区，亲自带着样品上门谈判，靠着瓷器的高品质和卓越的谈判技巧，安如意硬是虎口夺食，从开发商那里抢来了价值一百万的订单。

消息传到总公司，老总说："如意，你真是上天派来帮助我的，好好干，前途无量啊。"

三

分公司的业务越做越大，安如意开始不断地招聘人手。老总便说："这样吧，我派一个助手来帮助你，叫陈宁，是个海归，很有商业头脑。"安如意说："我觉得目前的局面我还能把持，再说了一个公司里面只能有一个头儿，多一个人拿主意，只会降低公司的执行力。"老总却说："我是让他跟你学的。

如果能把一只狼变成一株草，你就成功了。"

安如意的心里"咯噔"了一下，她想："如果有了新的后备力量，一株草便很轻易被另一株草代替，等那个时候，自己便真是欲哭无泪了。"

想到这，安如意便留了一手。有次，长沙有个大型的瓷器展览会，在选送什么产品参展时，两人发生了争执。陈宁执着地认为要选高档产品参展，安如意说："中国不是美国，消费水平还没那么高。再说，分公司才刚刚起步，靠什么去占领市场？靠的便是物美价廉和品质保障。"

两人的意见闹到了总公司，陈宁靠着他从海外带来的崭新理论，说服了总公司的领导，采纳了他的方案。但实际效果并不好。自觉脸面无光的陈宁便辞职了，安如意并没有过多挽留。

老总来分公司视察的时候，提及这事，老总说："走了？你没把狼变成草？你是怕他抢了你的位置？"安如意的脸一下子红了，沉默了一会，老总说："你要记住，在职场上心大，才可以做大事，要想有深远的发展，就必须有一颗容量巨大的心。"安如意点点头。老总又说："这头狼迟早还会回来的，等跟你混出名堂了，我就派他到其他省市发展，所以只好先委屈你一下。"

四

不久后一场金融危机席卷全球，安如意尽管早就预料到了，并减少了一条生产线，但许多房地产公司都停止了新项目的建设。整个瓷器行业都遭到了重创。工厂生产的瓷器，三分之二留在了仓库。怎么办？

那一刻，安如意连死的心思都有了，但她不能那么做，还有几十个员工在等着她吃饭呢。用老总的话说："你活着，不仅仅是为了自己。你要对员工负责，你要对企业负责。"

春天刚刚过去的时候，安如意的机会来了，有家企业想收购安如意的工厂，安如意毫不犹豫地答应了，她用这笔钱付清了工人的工资，然后把余下的钱交给了老总，以帮助总公司渡过难关。

在做完这些后,安如意提交了辞职书,她说:"是我的无能,没能让公司起死回生。"老总没有批准,反而带她去了一趟河北。安如意亲眼见到了岩壁上干枯蜷缩的还魂草。老总摘了两片,把其中一片用手一搓,化成了粉末,把另外一片放在了准备好的水盘里,干枯的草团慢慢伸展,绿色随之蔓延开来,还魂草竟神话般地复活了。

老总说:"现在你遇到的处境便和还魂草一般,你所要做的就是等待时机。"安如意点点头说:"我明白了,身陷绝境而不绝望。"

五

尽管总公司的业务也一筹莫展,但老总还是从牙缝里挤出来 100 万元。安如意和她的团队再次回到了湖南。安如意把一个地级城市作为了她的新根据地,她对员工说:"做业务,不要只看塔尖,二、三线市场比一线的更大。"

老总说对了,逃跑的狼又回来了,陈宁说:"我是来给你打下手的,学习如何变成一株草。"安如意笑了。安如意让他带着创业团队走进城镇居民中,做了一次实地考察。陈宁回来的第一句话便是:"金融危机的破坏力虽然很大,但城镇的购买力依然很旺盛,只要采取适宜的政策,我们完全可以起死回生。"

于是,在别人认为利润稀薄的中小城市甚至乡镇市场,一支有着超强执行力的营销团队就这样建立起来了。安如意的策略得到了总公司的采纳,并且这种模式在其他分公司很快得以推广。

暑假过去的时候,安如意的公司已在这座城市建立了绝对的市场地位。庆功宴上,各分公司经理纷纷向安如意敬酒,称赞她的策略如何了得。安如意却说:"要说功臣,非陈宁莫属。"然后又说了还魂草的故事,安如意最后说:"我们并不是两只鲁莽的狼,而是执着的还魂草!"

我想我是一棵树

薛俊美

日出而作，日落而息，却总是感觉到心灵的疲惫和无助。看着越来越多的人，奔向同一条跑道，摩拳擦掌跃跃欲试，疾风电掣一般冲向生活轨道的那一端。可我，只想做一个旁观者，一个静静厮守自己心灵的孤独者，一个默默耕耘自己心灵田园的笨拙农夫。

也许，这样的论调太过悲观和消极；也许，这样的念头太过落后和老土。但是，不步入花园，怎会捕捉到最娇媚的花朵绽开时那璀璨的笑颜；不俯首大地，又怎会谛听到树根对大地的喃喃情话？纵使和时代格格不入，我亦愿意做这样的一个人，一个在风中的寂寞歌者，唱着自己喜欢的歌，我的周围是广阔苍郁的原野。唱累了，我便什么也不干，躺在葱茏无边的绿地上，半眯着眼睛，晒太阳。

他们，她们，所有的人都朝着所谓的人生大目标，狂奔，狂奔，一个个气喘吁吁仍斗志昂扬，结局只能是名次上的先后而已。我想要的王国，清清爽爽，简简单单，跟这些完全不同。

我梦中的王国，是一片广袤无垠、长满萋萋芳草的原野，终日吹着肆无忌惮的风，时而温柔，时而狂野，或者静默在发梢、树冠和一个个桀骜萧索的鸟巢之中，伺机而动。空中，有不知名的鸟儿呼啸而过，啁啾着一年四季永远不变的歌，清脆着，婉转着，迎来春秋和冬夏，端倪嫩绿和枯黄的次第亮相，时间已消失了年轮。

而那片开满鲜花的山坡，就像一条七彩的带子，旋着舞着，蜿蜒到大山的深处，葱茏鲜活着我的眼睛，教我知道，什么是明媚和曼妙，什么是美丽和缤纷。还有什么比鲜花的摇曳更多姿多彩、更让人心神荡漾的呢?!躺在鲜花簇拥的怀抱,温暖就袭中了我的心房,泪落了,心柔了,生命的滋味竟是这般熨帖人的心境,春暖花开不再是一个美丽的传说,它真真切切就在我的身边,和我同在,同在,甚至触手可及。

我的鼻端有隐隐约约的淡淡清香,氤氲在我的周围,诉说着一个个美丽又略带忧伤的故事,故事的主角就是我——一个多愁善感、乖戾孤僻的女子,她的成长,她的欢笑和泪水,她的秘密和忧伤,以及她的前世、她的今生和她的未来……

溪中的鱼虾清晰可见,一个个摇头摆尾,在属于它们的世界自在和快活着,游来、游去。水是它们的朋友,亲密无间,任由穿梭和往来。水草也张开了臂膀,欢迎它们一次次的冲撞和嬉戏。河底的鹅卵石,静卧着,有水从上面流过,有鱼虾从头上摆划,它不语,管它千年万年,管它地老天荒,它只做它自己——一块小小的鹅卵石。就这样躺在时间的河底,看清凌凌的水,赏瓦蓝蓝的天,老僧入定一般,谜一样的禅机与玄妙。这,应该就是独处和静默的妙处了吧?我希望读懂它,又不希望读懂它。那么,就像现在这样静静的,静静的,沉默不语好了,它想要的生活,本就应该只是它知道。任何太过主观的臆断和解读,都是枉然和徒劳。想要解析和剖视,却原来只是自己煞费心机而已。要知道,一切存在即是合理。

有次语文课,我问学生:假如有来生,你愿意选择做自然界的什么?孩子们叽叽喳喳,像一群大树上乐不可支的小鸟,扑闪着翅膀,热热闹闹地打开了话匣子。

这个说,假如有来生,我想做一只蓝天上自由自在的小鸟,身边没有烦人的唠唠叨叨,也没有没完没了的指手画脚,想往哪儿飞,就往哪儿飞。飞到世界上最茂密的原始森林去,在那儿筑个小小的、暖暖的巢,安家落户,生儿育女。

话音未落,孩子们笑成一片花的海,笑语嫣然此起彼伏。

另一个虎头虎脑的孩子"霍"一下站起来,差点儿带倒了椅子:假如有来生，我想做一条小鱼，一条"沙里趴"那样机灵活泼无拘无束的小鱼。不用做一年365天永远也做不完的作业，不用见了老师长辈就得弯下腰恭恭敬敬问声"您好"，不用处理男生女生交往之间那种微妙的关系……

哈哈哈——哈哈哈……孩子们会心善意的大笑掀开了天花板，谁说他们不懂那种懵懵敏感的情感呢，在意着呢！

角落里，那个平素淡淡来、静静去的女孩说：假如有来生，我想我是一棵树吧。小时候，应该是庭院窗前的一棵石榴树，在五月花开的季节里，绽放一树火红，一树浪漫和一树鲜艳。然后，慢慢收拢自己张扬奔放的心，结成一枚枚硕大红艳的浆果，隐藏在苍绿的叶间和黄褐的枝干上，等秋风捎来成熟和冷静的问候，慢慢长大变老。五月榴花似火，我的心却渐渐风干，老去。

有性急的男生喊起来：那现在呢？ 现在的你是棵什么样的树？

女孩不急不躁，眸子里盛满了与岁月不相称的成熟和忧伤：现在的我，应该是那棵小巷里的梧桐树了。挺拔的枝干，一心一意想要钻透那片蓝蓝的天；硕大的叶子，昂扬在风中，自说自话；一簇簇的梧桐花，肆意热烈地和骄阳比赛青春的魅力和热情，却又在深夜里孤芳自赏，心底的情愫漫过了长长的黑夜，将所有的秘密托付给夜精灵。等黎明唤醒沉睡的山水，梧桐花却收缩了小小的心，凌乱地落在冷冷的地上。是谁家的车轮不小心碾过它小小的心，碾进黑黑的泥里，永远沉睡。

也许是这个女孩子的伤感和那份与年龄不相符的沧桑，影响了孩子们，教室里静静地，像是阒无一人的草原，偶尔有风声掠过又迅疾远去。

女孩说完，定定地看着我：老师，你呢？ 我想听听你的心里话。

是呀，如果有来生，我愿做自然界里的什么呢？ 一株草，一株小小的狗尾草，没有蜜蜂贴心地问候，没有蝴蝶热情地伴舞，一个人自娱自乐也不错吧？ 还是做一朵花，一朵妩媚地释放最美丽的自己的鲜花，看晨曦缓缓而来，观夕阳寂寂隐在山峦的身后，一个人舔舐受伤的心？ 抑或是一颗流星，冷冷地划过天际，在生命的最后唱响最亮丽的歌，纵使粉身碎骨零落成泥也无怨无悔，凤凰涅槃的惊艳和决绝，在这一刻与我相拥。

好像,这也不是我心底所想。和你一样,做一棵树,我淡定从容地吐出心里想要说的话。

女孩接着问:一棵什么样的树呢?

眼前掠过郁郁青山,流过潺潺溪水,我脱口而出:一棵站立河边的柳树,一棵枝叶婆娑的柳树,一棵风中雨中不动声色的柳树。身边,走过质朴的农人,赶着一群羊,或者是一头牛,哞哞叫着走入暮色中。身后,是一明一灭的烟火,萤火虫一般,点亮寂寥的夜色。

也有吹着柳笛的牧童,在树下快乐地嬉戏玩耍。童言童语,稚言稚语,犹如仙乐。抖动满头的绿色小辫子,我便也成了他们中兴高采烈的一员,打水仗,拧柳梢,嗅小花的芳香,在沙地上垒碉堡、埋宝藏,爬上大树捉迷藏。我要把小时候没玩够的游戏,一样一样全玩遍,让欢快的笑声,变成蓝天上展翅的小鸟,飞呀飞呀,飞到童话的王国。请来可爱的公主,请来勇敢的王子,请来有魔法的精灵,请来所有的有爱心的、善良的人们,手拉手心连心,一起唱歌跳舞,让冲天的篝火红遍半个天空。

等夜幕降临,等所有的人都沉沉睡去,我还是那棵静静站立不语的柳树,垂一头墨绿苍翠的发辫,和星星一起站岗放哨。那个,小夜莺,唱了一天了,你也累了,睡一会吧;那个,小田鼠,快回到你的洞里,别再干坏事啦,不然,你可就一个朋友也没了;那个,萤火虫,提着你的灯笼回家休息一下吧,等明天再和贪玩的小朋友一起捉迷藏吧。

夜色凉如水,我早已习惯了这种宁静的生活。做一棵柳树,静静地守护着这一方天空,这一方绿水,坐看云起处,闲观鸟飞来。心里的芜杂一点儿一点烟消云散,只剩下淡淡的喜欢,恋着旧日时光的美好,一路上细细碎碎的阳光,有些人,有些话,有些事,一辈子也不会忘记,都在心里绽放盛开,或者沉睡安眠,等需要的时候,会呼之欲出傲立枝头笑看人间春满园,彼岸繁花一片片。

我想,我是一棵树。静静站立,默默不语,纵使寒风凋零了落叶,我的心中永远留有一片绿洲,种植我所有的希望和理想,足矣。

第六辑

让爱延续

让爱延续——让我们看到人性的美和善,使得我们在喧嚣的尘世里,有如嗅到了花儿盛放的清香,听到了山泉淙淙的歌唱,让我们分明感觉到人性的光芒照亮了心灵的角角落落,爱心和善良在我们生命的大花园里蓬蓬勃勃地生长。

让爱延续

张燕峰

每逢周末,在哈尔滨宜居小区附近,街坊邻居经常会看到一个瘦瘦高高的男生推着三轮车到处拾荒。

他叫孙慧熙,哈尔滨第三中学的高一学生。周末的时候,同龄的孩子们要么驰骋在运动场上;要么嚼着口香糖,在开着空调的屋子里玩着电脑游戏。而他总利用休息的时间拾荒。也许有人会问,是他家境贫寒,在为自己筹集学费?不,他拾荒不是为了自己,而是通过拾荒来做公益,来帮助更多的人。

十一年前,五岁的孙慧熙在妈妈的陪同下,去哈尔滨近郊的亲戚家住了一阵。孙慧熙看到那里的学校设备简陋,窗户是几块玻璃拼在一起的,呼啸的寒风从门缝和窗棂的缝隙里钻了进去,小朋友们瑟瑟发抖,小手和脸蛋都冻得又红又肿。教室里也没有像样的书桌,甚至就连上下课,也是靠敲一节废钢轨来做铃声的……

小慧熙的眼睛眨啊眨:这里的孩子们多么可怜啊!一旁的妈妈看在眼里,启发道:"跟这些小朋友相比,你觉得自己的生活怎么样?"小慧熙边流着泪,边抽噎着说:"比起他们,我当然是有福气。"

想到慧熙小小年纪竟然说出如此懂事的话语,妈妈开心地笑了,进一步启发道:"那你好好学习,学到本领就可以帮助他们了。"小慧熙点点头,从此,一枚善良的种子在他的心头潜滋暗长了,一个声音在他心中澎湃着:我要帮助他们!我要帮助他们!

回到哈尔滨,小慧熙对那些孩子始终念念不忘。一天,他跟妈妈到松花江边玩，随手从土里挖出了一截铝管，他站直身子，扬起胳膊正要掷向远处，妈妈制止了他，说："你不是想帮助那些孩子吗？这个东西可以卖钱捐给希望工程。"

妈妈的话如同电光石火，迸射出的光辉刹那间把他懵懂的心照得透亮。哦，原来自己可以这样来帮助他们。一时间，他小小的心里充满了喜悦，像涨满了风的帆一样。于是，小慧熙决定靠捡拾废品来攒钱。

当同龄的孩子沉浸在春节喜庆气氛中的时候，小慧熙则从农历年开始，一直到元宵节结束，都会在外公的陪伴下，穿行在哈尔滨的各个住宅小区和大街小巷，捡拾花炮筒和纸皮。每逢周末，市区举办各种大型活动时，小慧熙都会想方设法去参加。等到活动结束后，那些空矿泉水瓶、废纸、宣传单都成了他眼中的宝贝，每次他都能满载而归。

对于他的拾荒行为，父母都非常支持，在自家的院子里还单辟出一角来堆放废品。这些废品偶尔会散发出难闻的气味，遭到了邻居的反对。但当听说他是为了帮助贫困儿童后，大家都理解了他，再也没有指责过他，相反，只要看到矿泉水瓶或者其他废品的时候，无论多远都要捡拾回来送给他。

时间过得真快，一晃好几年过去了。孙慧熙拾荒卖掉的钱也渐渐多了起来。2005 年，孙慧熙偶然从电视上看到河南省上蔡县艾滋病孤儿生活困难、亟须帮助的新闻后，他的心再也按捺不住了，他急于为这些不幸的孩子做点什么。于是，他在妈妈的陪同下，首笔捐出了 222 元。当有人问他为什么要捐出这个数目的时候，孙慧熙解释说："因为 2 与'艾'和'爱'是谐音。"在场所有的人都被这颗童真的善心感动了，他们的心中仿佛有一根琴弦被猛地拨动，眼角悄悄湿润了。

不久，他收到回信，当地慈善机构邀请他于当年 9 月参加倡导关爱艾滋病儿童的"红丝带家园"的启幕仪式。这次经历，更坚定了他帮助艾滋孤儿的决心。随后，他还去"中华红丝带家园"与艾滋病孤儿团聚或过年。同时，他把自己获得的"红丝带"爱心大使奖的奖金 1000 元捐给病危的艾滋病孤儿天天，还多次请假在病床前陪伴天天。

初中毕业后,孙慧熙将自己精心收藏的800余册书籍和中考复习资料寄往"红丝带家园",建起了"慧熙书架"。

很少有人知道,这已经是孙慧熙拾荒的第11个年头。11年里,孙慧熙从天真烂漫的儿童成长为一个英姿勃勃的少年,但他的爱心坚如磐石没有改变;11年里,没有人能计算出他为了拾荒共行走了多远的路;11年里,没有人能想象得出其中的艰苦与甘甜;11年里,连他自己都记不清共捡拾了多少个瓶子,卖过多少斤废纸。

11年来,孙慧熙捐赠的钱与物折合人民币达六万余元。他将每一次捡废品的收获和捐赠的财物都一一记录,现在用的账本已经是第三本。账本封皮上写了一句话:"我要好好学习,用更好的方式帮助他人,让爱延续。"

"让爱延续",多么朴素的话语!从幼稚的儿童到明理的少年,他在拾荒的路上跋涉了11个年头,只因为他心中熊熊燃烧着一团温暖的火焰——让爱延续。这团炽燃的爱之火支持着他,使他不辞辛苦,甘愿身体力行,以绵薄之力,去帮助更多的人。因为这句话,有多少人的旅程有了温暖,有了光亮,生命不再孤单脆弱。

让爱延续——让我们看到人性的美和善,使得我们在喧嚣的尘世里,有如嗅到了花儿盛放的清香,听到了山泉淙淙的歌唱,让我们分明感觉到人性的光芒照亮了心灵的角角落落,爱心和善良在我们生命的大花园里蓬蓬勃勃地生长。

有抽不出来的时间吗

卫宣利

　　她似乎总是很忙，上学时忙着读书应付各种考试，忙着恋爱失恋再恋爱，忙着参加辩论会演讲写论文；毕业后忙着找工作，忙着开展业务，忙着考研，忙着赚钱攒钱买房买车，忙着结婚成家生孩子养孩子；再后来，她自己开了公司，刚刚起步，一切千头万绪，她忙着跑银行贷款，找投资伙伴，招聘员工，各种各样没完没了的应酬……她成了别人眼中的女强人，每天忙得分身乏术，睡觉的时间都有限。有几次，晚上回家，等老公把饭端上时，她已经靠在沙发上一脸疲惫地睡着了。

　　她要强，事事争先，在人前，永远是一副急促忙碌风风火火的样子，像一台充满活力不休不止的永动机。她的日程从来都安排得满满的，所有的时间都挤得很紧，滴水不漏针扎不进。

　　那天，老妈打电话，让她回家吃饺子，是老妈亲手包的，她最爱吃的三鲜馅。其时，她正为新员工犯的错误恼火，十分不耐烦："妈，我忙，真的抽不出时间。等忙过这一段，我就回去看您。"

　　隔几天，老爸又打电话，说家里的电视坏了，让她回去看看。她正陪客户唱歌，嘈杂的环境，她声嘶力竭地吼："爸，您这添什么乱啊？我这一个单子签了，能给您买一堆电视。给售后维修的人打电话，他们会上门修的……"

　　妹妹生孩子，打电话给她报喜，语气里满是初为人母的欣喜和欢悦："姐，赶紧来看看，小家伙长得可爱极了，生下来就睁着大眼睛四处望呢。"她正在公司开会，为上个月不理想的销售成绩大为光火。只好急匆匆地对妹妹说："亲爱的，我抽不出时间去了，让你姐夫代表我，给我外甥封个大红包！你好好照顾自己，等我把这一摊事处理完了，马上就去看你。"

周末晚上，她照例加班到很晚才回家，却发现老公和女儿都还在等他。看到妈妈回来，女儿兴奋地扑上去抱住她撒娇："妈妈，双休日去郊游吧，爸爸把食物和装备都准备好了。"老公也迎上来说："这几天天气晴朗，春光正好。我知道有一个地方，桃花开得正灿烂呢。你也该放松一下，出去透透气。弦儿总这么绷着，对身体不好。"她疲惫地歪在沙发上，想到明天约好了要去谈贷款的事情，只好抱歉地说："明天不行，有很重要的事情等我去谈。等我忙完了这阵子，就陪你们去。"

她不是没有孝心的孩子，父母把她养大，供她读书，直至成家立业，点点滴滴的恩情，她都记在心间。她想，不急，来日方长，她一定会有她的报答。

她不是没有情义的姐姐，手足情深，妹妹从小就是她最疼爱的人。只是，她已经忙得自顾不暇，真的没有时间顾及妹妹。

她不是不负责任的妻子和母亲，她知道老公一个人照看家很辛苦，需要和她分享生活中的喜悦和发现，而且，家里也要有个女人，才有家的味道。孩子当然更需要她，一起玩耍游戏，解决成长中的各种问题和困惑……可这些，都需要时间。而她最缺的，就是时间。她想要给他们更好的生活，所以必须拼命必须努力向前奔跑。

…………

她一个月没回家了。那天，她正要出门去和客户签合同，老妈提着一个饭盒进来了，进门就手脚麻利地把热气腾腾的饺子往碗里盛，说："知道你忙，抽不出时间，我来看看你。好久没吃妈包的饺子了吧？快来尝尝……"她胡乱地往嘴里塞了一个饺子，便急忙忙地往外跑："妈，我还有事，饺子留着，我回来吃。"

半道上，忽然接到客户的电话，对方声音沉痛："抱歉，合同咱们改天再签吧。我爸没了，我要回去奔丧。"顿了一下，又哽咽着说，"你知道吗？这些年我一直辛苦打拼，就是想有一天功成名就，让爸妈跟着我享享清福。我一直以为他们会等我，没想到我爸突然就走了，连最后一面都没有见到。早知道这样，我真该多抽点时间陪陪他们……现在，什么都晚了……"

她怔在那里，半晌，才吩咐司机赶紧掉头。在快到公司十字路口，她看到老妈提着饭盒站在马路中央，茫然地面对着疾驰的车辆，不知道该迈哪一只脚。母亲的白发在风中飘着，那么苍老而无助。她呆呆地看着，眼眶湿润。她还记得小时候妈妈拉着她的手过马路的情景，可是，什么时候妈妈变得这么老了？过个马路都这样瞻前顾后不知所措？

她下车，躲过奔涌的车流，跑到母亲身边，挽起她的胳膊，说："妈，我送您回去。"

母亲看到她，欣喜而诧异："你不忙了？不是要签合同吗？"

她坚定地挽着母亲的手，说："我今天不上班了，回家陪你们。"母亲没说话，却红了眼圈。

那天，她陪着父亲给院里的葡萄树剪枝，听母亲絮絮叨叨地说亲戚们的家事，带他们去公园里听戏，去逛超市。看着父母欢喜的样子，她又心酸又欣慰，还好，不算太迟。她不想等到哪一天，子欲养而亲不在。

晚上，她叫老公带着孩子来父母家，又约了妹妹一家，全家团聚。她亲自下厨，做了一大桌子的菜。那一晚，看着父母欣喜若狂的笑容，妹妹妹夫贪婪地吃着她做的菜，大呼过瘾，孩子玩得兴高采烈，老公注视她的目光含情脉脉……她陶醉了，她发现自己的心里，竟是从未有过的幸福和满足。那种幸福感，是任何一次成功的谈判都换不来的。

那一天，似乎是她过得最充实的一天，她的心里，满满地激荡着喜悦。那一天，世界也没有因为她的休息而停止运转，依然时光流转，岁月静好。那一天，她恍然明白，很多时候，并不是真的抽不出时间，这个世界上的任何人，都没有抽不出时间来的。而是要看，需要你抽时间做的那件事、花时间陪的那个人，是否在你的心上。

善意的力量

梦 芝

女孩洛洛是一个依善意行事的人。洛洛大学毕业那年,进入一家广告公司做企划。公司经理是一个才华横溢之人,不过,接人待物却有些傲慢,而且那些老职员也对她吆五喝六,这是新职员的必修课,她懂,她忍,毕竟现在工作太难找。公司接了一个案子。因为对方是一个大客户,所以经理率领团队日夜努力,终于做出一份完美的企划案,客户那边也将派主管过来洽谈,公司极重视这个案子,于是安排经理亲自去机场迎接。

同学要出国了,洛洛去机场送她。当她送完同学出来时,迎面碰上了经理和拉着行李箱的客户主管。和她们打完招呼之后,洛洛转身走开。可是走了几步之后,她又折回身来帮那位客人接过行李箱,因为她发现那位客人脸色有些苍白。一直帮客人把行李箱送到车上,洛洛这才打车离开。第二天,洛洛回到公司,却见众人的脸色都很难看,后来洛洛才知道,那家客户撤销了这项合作,这些天来辛苦做的案子也泡汤了。

半年后,公司因为经营不善而倒闭。所有的员工都在为工作苦恼的时候,洛洛却意外的接到一封应聘函,是一家大公司寄来的。洛洛顺利地获得一份工作。当洛洛看到公司主管的时候,她有些呆住了:那位主管就是当初她在机场帮着提行李箱的人。原来,那位主管当初下飞机的时候,因为感冒而身体不适,偏偏那位经理平日里傲慢惯了,甚至忘了待人的基本礼仪。这位主管对他的粗心大意有些恼怒,因此将合约撤销了,而对帮她提行李箱的洛洛却有了极深的印象。后来得知她们公司倒闭之后,便聘请她来自己的公司发展。在这个充满人情味的团队里,她如鱼得水,凭着自己的才华,很快便从小职员做到了主管的位置。洛洛依善意行事，在不经意的时候，播下一颗善意的种子，这颗种子发芽生长，然后长成一株苗壮茂盛的大树，给她一个绿色的世界。

在这个经济快速发展的社会里，所有人都信奉适者生存的法则，大家都在运用自己的聪明和才智，让自己的生活变得更加美好。但是，在这个过程中，人我对立的问题会变得突出，为了自己的利益，人会变得自私、冷漠、残酷无情，人们以为这样就能获得成功。却不知这样的观念是错误的，有很多时候，正是这些错误的观念阻碍着我们前行的道路。反而是善意的力量，能帮我们克服重重困难。很多人却忽视了这一点，因此，才会有人感叹善意比聪明更难做到。

那年，十岁的杰夫·贝索斯随祖父母外出旅游。在路途中，坐在车厢后面的贝索斯感到无聊，于是他便在心中开始计算各种难题，从小就是算术奇才的他很快算完了自己所能想起的所有数字游戏。望着坐在前面副驾驶座上的有着三十年烟龄的祖母正在吸烟，他忽然想起一条反对吸烟的广告上曾说，吸烟者每吸一口烟，寿命便会缩短两分钟。于是，贝索斯便自作聪明地开始计算祖母吸烟的次数。很快，他的计算结果出来了。当他得意地告诉祖母，她将因吸烟而缩短 16 年的寿命时，祖母没有像往常那样夸他聪明，而是伤心地放声大哭起来。贝索斯当时吓坏了，他知道自己的聪明伤害了祖母。祖父见状把贝索斯叫下车，却并没有责备他，只是拍着他的肩膀说："孩子，总有一天你会明白，善意比聪明更难做到。"祖父的这句话令贝索斯终生难忘。

祖父的话像是一粒种子播撒在贝索斯心田里，从那以后，他一直都按照祖父的教诲做人。贝索斯把善意和仁爱推及到生活中的每一件事情上，无论事情大小，他都怀着一颗善意热忱的心去对待，善意的力量帮助他赢得了员工和客户们的信任，他在事业上的道路也越走越宽广。

在生活中，有许多我们看不到也摸不着的东西，但是却往往拥有神奇的力量。譬如从容，譬如善良……这些东西无时无刻不存在于我们心中，只要我们一旦领悟到它们的存在，并且巧妙地运用它们，那么它们将释放出不容忽视的力量，对我们的生活产生难以预料的正面影响。

凯普兰萨勒集团的总裁，通过善意之举，使她们的公司成为 2006 年美国成长最快、获利率最高的广告与公关公司。她们用不到十年的时间，就把公司的营业额提升到了近十亿美元。她们回望自己的成功经历后一致认为，善意在她们的事业和人生中起到积极的作用。她们说："至诚如神，我们正是从内心深处奉献出我们的善意和真诚，才能收获这些意想不到的成功。"

现代社会的忙碌和浮躁，让许多人都忽略掉了存在于心中的那份善意。在生活中，在工作中，在人与人交往的时候我们不可避免地会与别人发生矛盾与冲突，而发生状况的时候，这些人往往只顾着自己的利益，只想着怎么去索取他人来强大自己，却忘了物有本末，事有因果。今日的一言一行，都关联着日后的际遇。如果改用善意的方法，那么就有可能一起更快地迈向成功。因为一个善念就有可能跟自己铺下一条宽敞的路。

善意在现实中具有不容互视的力量以及能给人们带来的种种好处。当带有温暖气息的善意萦绕着我们，生活是多么温馨和美好的一件事情。在生活中，我们不要计较回报，而是自始至终抱着尊重与亲切的态度去对待别人，那么我们就是在释放善意的能量。

善意，其实很简单。一个微笑、一句由衷的赞美、一个简单的善行，虽然当时看不见它有什么效应，但是内在却散发着温暖的光芒。依善意行事，会让我们自己的心绪安然，也会让对方感到温暖。它的力量足以帮你打开一扇门，从而改变你的人生。

医者

周国华

你读高二那年，你妈病了，疼得满床打滚。你背着她到赤脚医生那里，医生为她打了针止疼剂，手一摊："怕是大病，赶紧送县医院。"

你家离县城远，又没车。你借了辆三轮车，把你妈拉到县医院。医生诊断后，把你叫到一边："你妈得的是癌症，晚期了，花再多钱也没用，你自己决定吧。"

癌症？！你就似挨了一记闷棍，眼前发黑。你爸走得早，这些年来，你妈就靠种那点承包田供你上学，如今……

不能就这么放弃！你刚想办住院手续，你妈含笑进来说："医生，给我开点药吧，止疼的就行，我命硬，能挺过去。"

拗了半天，你还是按你妈的意思做了。你知道，你妈要是决定了的事，没人能改过来。拉着你妈回家的路上，你拼命憋着，不让眼泪掉下来。兜里只有三百块钱，那是全家仅剩的一点儿钱。

救不了妈，你想让她在不多的日子里，尽量过得好点。你去村里小店买东西，无意中听到有人说，隔壁乡有个老中医挺神的，治好过一些大医院都没法治的怪病。你立马找了过去。

老中医家坐着很多病人，得什么病的都有。老中医话不多，而且很轻，只是在搭脉后简单问上几句，就摇头晃脑开起方子，完了，又叮嘱几句，也看不出有啥高明之处。最后一个轮到你，老中医瞅了你一眼："病人呢？"

你拿出医院的诊断书，讲了你妈的病情和家里的情况。你说来得急，妈也下不了地，先来问问。说到最后，你的眼泪扑簌簌往下掉。

老中医瞪了你一眼："这么大了还哭，没出息，走，带我去看看。"

老中医给你妈搭完脉，捋着花白的山羊须在屋里踱来踱去。你垂手，惶惑地盯着他。老中医让你把三轮车上的那个蛇皮袋拿进来，一打开，里面全是草药。老中医告诉你，把这几种药分均匀，半年服完，大致就可以了，不行的话，再去找他。

你连连点头，掏出三百块钱："只有这些了，别嫌少。"

老中医没接钱，双手把玩着桌上的青花瓷瓶，左看右看，还不住点头："不用了，你留着做学费吧，这个东西卖给我吧。"

你妈连忙摇手："不，这是我的嫁妆，几块钱买来的，乡下人没闲心插花，我常说，还不如碗勺来得实用呢。"

老中医晃着头，捻着须，说："实用不实用我不管，家里有一个，正好配个对。"

送走老中医，你和你妈还不敢相信天下竟有这种好事，诊费、药费没付不说，还白白拿了一千块钱！

半年后，你陪着妈去了医院，诊断结果让你欣喜若狂，你妈竟痊愈了！

你拿着锦旗去谢老中医，老中医一笑："有钱了，就把瓶子赎回去，价钱嘛，翻倍。"

你如愿考上了医学院。用那些钱，你撑过了第一个学期。之后，你勤工俭学，再没用过家里一分钱。毕业后，你凭借优异的成绩，被省城一所大医院聘用。你接你妈进城，贷款买房，娶妻生子，进修深造……

二十多年后的一天，你偶然观看了电视"鉴宝"节目，一个青花瓷瓶引起了你的注意，那个瓶子，看上去跟你家的一模一样。专家几百万元的估价让你又吃惊又愤恨，原来老中医早就知道瓶子的价值。你想起了老中医眯着眼的神情，哼，狡诈，虚伪！

你憋着满肚子怨气去找老中医。老中医已去世，他儿子接过你的字条，一笑："家父说你定会成为医生，果然没错。"

你突然想起，那天你对老中医说，你想放弃学业，赚钱养活你妈。你有点发憷，是不是自己太"小人"了？

里屋的橱柜上，摆放着两个青花瓷瓶，花纹一样，成色迥异。老中医的儿子取过那个釉色发暗的瓶子："民国的，不过也值几千块钱。"

你脸红了。瓶子的内壁上，依稀还能看到你儿时调皮的涂鸦，是你家的那个！你疑惑地望着另一个青翠欲滴的花瓶。

"这个是我祖上为一官宦人家诊病时，那家主人给的。"

你掏出一万块钱，老中医的儿子执意只收两千："家父嘱咐，不敢有违。"

对着老中医的遗像，你郑重地磕了三个头。泪眼婆娑中，你又看到了那双似笑非笑的眼睛，温馨，深邃。

一块匾额悬在壁上，上面的两个字熠熠生辉——医者。

九十九只彩线娃娃

吕保军

　　工友们下班后,不是找人打牌就是出去闲逛,唯有他总是安安静静地坐下来,鼓捣那些毛线。为此,他挨了不少的冷嘲热讽,甚至有人说他不像个纯爷们儿。他不客气地回敬几句,却没有停下手里的编织。

　　没人知道,他编的是一种叫"彩线娃娃"的小玩意儿。强忍着众人的嘲笑编它们,只为了女人曾说过的那句话。那是过年,他要到城里去打工了。临出门时,看见她明明有些难分难舍,却故作满不在乎地说:"你安心地去吧,如果想你了我就编个彩线娃娃。等你回来的时候,咱就有一大堆娃娃了。"他打趣说:"一大堆娃娃也比不上一个会喊爸叫妈的娃娃。"一句话,说得她的脸颊飞起一团红霞。

　　如果想你了,我就编个彩线娃娃。闲暇之余,他和工友去附近的集贸市场闲逛时,看到卖毛线的,突然想起了女人说过的这句话。为了打发无聊的时间,更为了给心中的思念一个出口,他也买了些毛线,在宿舍里悄悄地编了起来。

　　几缕花花绿绿的五彩毛线,那么轻轻巧巧地三缠两绕,就是一个漂亮的彩线娃娃! 调皮的眉眼,黑黑的发辫,头上戴顶玲珑帽,身穿彩色小马甲。多么有趣,多么逗人! 它有着和她一样黑亮的眼睛,一样挺直的鼻子,一样性感的嘴巴。真是像啊! 他忍不住使劲亲了它一口。有个工友无意中发现了他的秘密,兴奋得大声叫嚷了起来。都是二十来岁的年轻人,大伙一齐笑话他,说他想老婆想疯了。他们怎知道,他从小父母双亡,是大伯收养了他,他像一个野地里疯长的孩子,长大成人后,是如此渴望着一份爱情。可他家

161

里太穷了,好多媒人都不愿意登门。是她,不嫌她穷困,义无反顾地爱上了他,给了他一个温暖的家。她就是他生命的全部! 如今,他离开她出来打工这么久了,怎能不牵肠挂肚呢? 他的心思早已飞回到她的身边。她此时在做什么? 家里就剩她独守空荡荡的房间,一个人落寞地吃饭,这么想想,他的心就会隐隐作痛。她是否已从镇上那家毛线店里挑选了各色毛线,开始编织彩线娃娃了呢?

当纸箱里放进去第99只彩线娃娃的时候,已是深冬。他心底有了一种迫不及待的渴望:厂里就要放假了,终于盼到快要回家的时刻,能和她团聚了! 他幻想着当她看到自己带回家的这一堆彩线娃娃,一定会被惊呆的! 它们代表着他对她的一片相思呀! 一个大男人,闷在宿舍想老婆是个什么滋味,全融进这些彩线娃娃里了。

可是一进腊月,厂里突然宣布,工人们过年谁也甭回去了,厂里新来了一批大活儿,够忙活个俩仨月的。厂里有规定,谁回去,一年的全勤奖就泡汤了! 听到这个消息,工友们全炸了锅,辛苦一年了,谁不想回去和家人过个团圆年呢! 他猛听到这个消息,也傻了眼,恨不得什么都不管,马上飞回到老婆身边去。可是,一年的全勤奖,两千多块呢! 够她一年的零花钱了。记得她说过,老公,咱得多攒些钱,把房子修一修。两千多块可不是笔小数目。

思虑良久,他跑到厂门口的电话亭给她打电话,老婆,我想你。可是我恐怕不能回去一起过年了……放下电话,他的心窝子里如针扎般难受。想想家里只有她一个人冷冷清清的过年,泪水无声地淌落下来。

春节前夕,他突然收到她寄来的一只纸箱子。好奇的他忙不迭地打开箱子,顿时愣住了。哈,一堆花花绿绿的彩线娃娃! 这些全是她编的么? 他把这些彩线娃娃们一字排开,排成一支雄赳赳气昂昂的部队。它们,象征着女人对自己的一片相思呀! 他不经意地将彩线娃娃数了数,不多不少,正好99只。"呀,我也编了99只! 这算不算心有灵犀呢?"他惊讶得叫出了声。

他不知道,女人前几天曾偷偷地来探望他了。当他打电话说过年不能回去时,她一听就软面条般瘫倒了。大过年的,两口子怎能不在一块厮守呢!她失神的目光落在房间里的彩线娃娃上,望着望着,伤心的泪水就像决堤的河流般涌淌下来。她再也熬不过那份思念,打算进城来陪他一起过年。当她打听着摸到厂里的时候,正赶上他加班。她走进他那间宿舍,坐在充满他的气息的床铺上,忍不住动手帮男人收拾起来。几件脏衣服、一双臭袜子、饭盆里还有吃剩下的菜汤儿……当她发现床底下那些花花绿绿的彩线娃娃时,她鼻子一酸,再也抑制不住难过的心情。看样子,这间狭窄的宿舍里挤了十几个人,根本腾不开地儿给她住。可他总在电话里说,厂里天天改善伙食,我们吃的都很好;住的地方也不赖,标准间。她突然明白了,那都是大男人的自尊心在作怪。

她没等到他下班,就悄悄离开了。坐上回家的火车,她哭了一路。回来后,她把自己编的那些彩线娃娃统统装进一只纸箱子,挂号寄回了厂里。她在附上的信里说,让它们陪你过年吧,权当是咱们在一起团聚了。

他按捺着激动不已的心情,把两堆彩线娃娃放在了一起。她的彩线娃娃细腻、别致,就像一个个漂亮的女子;而他的就相对粗糙一些,更像一个个粗犷豪放的男子。他突发奇想地把它们分别配成了一对一对的,正像一个家庭里必须有男人和女人一样,这些彩线娃娃也像是一家子。接着,他就把这些彩线娃娃全部悬挂了起来,弄得到处花花绿绿的,宿舍里顿时热闹了许多。每对彩线娃娃都紧紧地拥抱在一起,像极了久别重逢的夫妻,正在旁若无人地脸对脸亲吻。他在每对彩线娃娃的上面,写上一对工友夫妇的名字。

当工友们看到写着自家夫妻名字的彩线娃娃时,好几个大小伙子当场就哭了,当初曾经嘲笑过他的人,都陪着淌下了真情的眼泪。

人到情多情转薄

张军霞

一

童年时，父亲曾在院子里种下两棵山楂树，他说，等到它们结了山楂，摘下来拿到镇上卖了，就可以给我买新书包。于是，每天放学后，我就会来到山楂树下，期待它们早日结出红色的果实。

一年夏天，正当山楂树变得枝繁叶茂时，一场突如其来的龙卷风，将它们刮倒在地。暴风过后，我冲出房门，想要把树扶起来。不料，父亲拿起一把斧子，将其中一棵树的枝叶全都砍了下来，我拼命想要阻拦父亲，大声哭喊着："不许砍我的树！"父亲耐心地说："它们已经被连根拔起了，只有砍掉树枝，才可能有重新扎根的机会，否则它就活不了了！"我不肯相信父亲的话，一味怪他心狠，死死地抱住剩下的一棵树不肯松手。父亲实在拗不过我，只好分别将两棵树种到了土里。

过了些日子，被父亲砍掉树枝的那棵山楂树，慢慢恢复生机，重新开始发芽，一天比一天茂盛起来，而被我拼命守护的那棵，却落光了所有的叶子，没等到夏天结束就死去了。

这时，我终于恍然大悟：父亲手中的那把斧子，并非"凶器"，而是一把温柔而慈爱的手术刀……

二

她的名字叫梅,是一名拉丁舞演员,她的搭档,也是相恋多年的男友。他们双双痴爱着舞蹈事业,已经在国内的各种比赛中多次获奖。正当他们信心十足,准备冲刺一场国际比赛时,一场车祸从天而降:她在过马路时,被一辆面包车撞倒,虽然及时进行了抢救,还是落下了跛脚的残疾,这对于一个舞蹈演员来说,是多么残酷,这也意味着,他们再也不可能以组合的形式参加任何比赛了。

出院不久,她给他发了一条短信:"对不起,我已经爱上别人了,咱们分手吧,祝你幸福!"接着,她换了手机号,也不再上网。他疯了一样,找遍了所有可能的地方,到处都没有她的踪迹。

多年以后,我在网上搜索资料时,无意中闯到了梅的博客,终于联系上了远赴南方的她。回首往事,她说当年选择突然逃离,被很多人认为无情,其实,那时的她,心里比谁都难过。但是,如果不装得绝情一点儿,他哪里舍得放手? 自己的人生已经无法完美,又何必要拖累相爱的人呢? 不如,就让他恨我吧。恨,总比痛要好受一点儿……梅说这番话时,我脑海里浮现出一句歌词:我宁愿你冷酷到底,让我死心塌地忘记……

三

不久前,网络上出现了一段视频:一位两岁的女孩,在厨房里洗碗,由于灶台高,她的个子太小,只好站在凳子上。好不容易洗完一只碗,却不小心从凳子上摔了下来。她跌在地上大哭,泪水和汗水交织在一起。妈妈不肯上前搀扶,只在旁边再三鼓励:"宝贝,自己站起来,你能行!"

这段视频被传到网上,很多人骂这位妈妈,说她简直比白雪公主的后妈还恶毒,怎么可以这样对待自己的孩子? 有记者追上门去采访,却发现这是一个无比辛酸的故事。

原来，这位妈妈身患绝症，生命已经进入倒计时。想到年幼的孩子将再也得不到妈妈的呵护，她心如刀绞，决定利用有限的时间，训练女儿，让她学会独立。这样，等自己离开人世时，孩子就可以避免吃更多的苦……

四

寒假结束，弟弟又要去重庆上大学，行李太多。母亲和姐姐一起送他上火车，我因为有事不能去送行，心里却一直牵挂着。打电话过去，姐姐干脆给我"现场直播"："火车晚点了半个小时，我们一直在等……今天居然不卖站台票……弟弟独自拖着行李进站了，老妈又犯老毛病了，已经在偷偷抹眼泪……开始检票了，这个老弟，居然头也没回一下，直接就上车了……"

想象母亲又牵挂又失落的样子，我忍不住给老弟发短信："你咋不回头看看老妈，她一直在看着你呢！"过了好一会儿，他发短信回复："不敢回首！"简单的四个字，反倒让我的眼睛一下子湿润了，这孩子并非无情，是害怕母亲看到他的伤心呀！

原来，很多时候，不回首，不敢说再见，或者，表面上所谓的"狠心"，并非因为无情，而是太过在乎，反而显得冷漠，就如同纳兰若容在一首词中所形容的那样：人到情多情转薄。

仿佛真无情，其实情更深。

交易来的爱情

石 兵

一

女人对男人不好，从结婚第二天起，女人的笑容就在男人面前绝迹了，但是男人却一天到晚像个傻子一样笑个不停。

两个人的家，永远是男人一个人在忙碌，男人在煤矿上班，工作很累，但一回到家里，男人还得炒菜做饭，打扫卫生，女人则一边看电视，一边嗑着瓜子一言不发，男人做完家务，就在一边陪女人看电视，一直等女人睡下了，男人才睡。

女人一个人睡那张为结婚置办的大圆床上，男人则睡在沙发上。

一晃三年过去了，两人没有孩子，女人依然不苟言笑，男人仍然笑容满面，只是眼角多了许多的皱纹。

有人劝男人，离了算了，这样的女人不要也罢，她虽然漂亮，但是懒，最重要的是不会生孩子，每当听了这样的话，男人总是笑笑，不置可否，回到家后一切照旧。

男人知道，女人嫁给他，完全是一场交易，为了给母亲治病，为了让上大学的弟弟继续学业，女人下嫁了他，他在煤矿虽然工作辛苦，但收入稳定，足以应付一年三万的支出，他也知道，她不会给他生孩子，就算生了，也养不起。

二

还有一年，弟弟就要大学毕业了，如果他能够找到一份好工作，或许能让自己的压力减少一些。女人看着电视，心中却在想着别的事。

嫁给这个男人三年，她不知道母亲为她做的选择对不对，三年来，这个男人除了眼角多了一些皱纹，没有一丝一毫的变化，没有脾气，没有个性，像一个没有灵魂的人。

女人觉得男人不像个男人，她心中理想的男人应当言语铿锵、掷地有声，应当果断勇敢、坚强如钢，而这个三年来朝夕相处的男人，仍然像第一次见面时一样，如一块木头般闷不作声、毫无情趣。

女人用眼瞥了一眼身旁的男人，心头突然闪过一个念头，如果弟弟找到一份好工作，自己是不是可以离婚，去寻找自己的幸福？

三年来，女人的青春丝毫无损，反而保养得更加光彩照人，男人没碰过她一个手指头，女人可以肯定，如果去一个陌生的地方，所有人都不会认为她结过婚，自己完全可以重新开始。

女人想，男人一定会同意，但是，母亲或许不会同意。母亲躺在医院里的这些日子，虽然已经不会说话了，但眼睛里总有一种东西流露出来，女人知道，母亲希望她能陪这个男人好好过下去。

三

男人不知道什么是爱，他第一次见到女人的时候是在医院里，他看着她为了给母亲治病给医生下跪的样子，心里突然像针扎了一样疼，他把自己的所有积蓄都交给了女人，在女人去交住院费的时候，他悄悄来到女人母亲的病房，和病榻上的老人谈了很久。

女人回来之后，母亲就要求她嫁给那个给她钱的男人，女人心中的感激一扫而光，但她最终还是答应了下来。

婚姻成了一场交易，女人对男人的感激变成了恨，如果男人不是别有用心，或许女人最终也会嫁给他，但不会是像现在这样，成为一场赤裸裸的买卖。

女人不明白，母亲为什么如此维护这个用钱买走她女儿的男人，还一个劲地劝她和男人好好过日子，母亲喋喋不休地说了两年同样的话，直到一年前，母亲病情恶化，丧失了语言能力，但还是用眼睛说着同样的话。

女人拒绝男人去看母亲，但男人总是能找到空隙来到母亲房里，有一次，女人偶然发现了男人在母亲病房里，她愤怒地冲进病房，却发现男人满脸泪水，母亲却面带微笑地看着他，眼睛里满是慈爱与鼓励。

四

弟弟毕业后找了一份好工作，给她寄来了钱，两个月之后，母亲去世了，女人悲伤之余，突然有种如释重负的感觉。

男人跑前跑后为母亲操办丧事，哭得昏天黑地，比自己的亲娘去世还要伤心，女人看着男人，心头掠过一丝感动，但一想到这场婚姻交易，就立刻变得心如钢铁。

女人决定向男人摊牌，她记着男人为她花的每一笔钱，她打好了欠条，会全部还给他。母亲出殡之后，她找到男人，取出早已准备好的离婚协议书，说出了自己的想法，结婚三年多，她第一次面对面和男人说了这么多话。

男人的表情一如既往，平静得让她迷惑，她突然产生了一个疑问，做这一切，这个男人究竟是为了什么？

男人在离婚协议书上签了字，随后静静地离开了，把家留给了女人，一个人去了矿井的宿舍。

五

没有男人的日子,女人变得爱打扮起来,她决定在处理完离婚事宜和母亲留下的事物之后就离开这里,去一个遥远的城市开始新生活。

女人在一个人的家中自由自在,只是在夜晚来临时心头总觉得空荡荡的,三年来,女人早已习惯了男人在家中忙忙碌碌的样子,她下厨做了几个菜,竟然发现难以下咽,看电视的时候,女人突然觉得了无趣味,辗转反侧终于睡下,在午夜梦回时,恍惚间,她突然感觉一种无可名状的孤独,内心深处竟然有些想念那个高大的身影。

女人不愿承认,这一切是因为男人离开了,她觉得,自己到了新的城市,一切都会好起来的。

一晃一个月过去了,女人买好了车票,准备明天就去那个遥远的城市。

想起就要离开这个生活了三年多的家,女人心头划过一丝怅然,她突然无比想念母亲,如果母亲在,不知道会不会同意她的做法。想着想着,她打开了母亲留下的那个小包袱,母亲一生只留下了这个小包袱,里面有一些换洗衣服,有母亲在医院的一些生活用品,有一个破旧的录音机,鬼使神差地,她打开了录音机,取出了里面的磁带,她惊奇地发现,录音机卡槽里有一个纸条。

白色的纸条已经发黄了,上面写着她的名字,是母亲的字迹,母亲让她打开那个录音机,里面有母亲想对她说的话,那应当是母亲还能说话的时候录下的。

录音机中录着母亲的一段话,听着久违的母亲的声音,女人觉得那些话像一柄柄大锤敲打着自己的心,她再也抑制不住,在空旷的房间大声痛哭起来。

六

第二天一大早，女人坐着最早的一班车赶到了男人所在的煤矿。三年来，这是她第一次来到这儿，矿井刺鼻的气味让女人皱起了眉头，但她没有离开，就在矿井口等着，过了很久，一群根本看不清面目的矿工缓缓走出了矿井。

女人一眼就认出了男人。

男人看到女人，咧开嘴笑了，黑黑的脸上露出一口雪白的牙齿，女人一头扎进了男人怀里。

女人哭成了一团泥，渐渐融化在男人怀里。听了母亲的遗言，女人终于知道，在医院初见时，男人刚刚失去了母亲，男人从矿井中赶回时甚至没能见母亲最后一面，男人母亲临死前留下了两个愿望，一是用剩余的钱救治另一位母亲，另一个是希望他能娶一个好女人。

当然，这一切其实都不重要，重要的是，女人在明白真相之后才突然发现，自己已经离不开男人了，她只是在寻找一个留下的理由而已，事实上，正是这场源于亲情的交易给她带来了真正的爱情。

第七辑

爱是一地细碎的阳光

命运其实是极其公平的。它夺走一些,亦会还回一些。有爱在,一切苦难都没有什么了不起! 因为爱所散发的光芒,足以抵消命运所制造的一切悲凉。

甜蜜的拖累

清 心

我家楼下,住着很平常的一家三口。他是铁路工人,收入不高。她原在市服装厂上班,后因厂子破产,下了岗,接着做过清洁工、保姆之类的临时工作,后因生病,一直居家。儿子16岁,在重点中学就读,懂事且成绩优秀。

我一向喜静,邻间极少走动。她说:"跟你说话,心上像开了一扇窗。"我说:"那你常来。"于是,在他上夜班时,她常趿着拖鞋上楼。交谈中,逐渐了解了他们的过去及现状。

他们是高中同学。他酷爱画画,经常在课间信手涂鸦。她爱极他的画,常会在他中途离开时,情不自禁地走过去欣赏。他成绩优异,在老师同学眼中如众星捧月。她的学习却一直较差,且是那种经过努力仍不能好的差。她知道,他是长着翅膀的天使,始终会飞往理想的方向。而自己却似断翅的蝴蝶,无论怎样努力,都只能在原地盘旋。

离高考只有三个月时,他的父亲不幸因公殉职。母亲被突然的意外瞬间击倒,脑子似被汹涌的泪水冲坏了,再也不能正常地思考。

父亲去世后,家中断了经济来源,母亲也需治疗和照顾。他别无选择,只好放弃学业,接替了父亲的工作。

高考之后,她是落榜生中最快乐的一个。终于可以跟他一起,留在这个边远的小城。欢欣如潮,在青春的心海一片片漫过。她让父母托人在服装厂给自己安排了工作。

工作之余,她常帮他侍候精神失常的母亲。他渐渐喜欢上这个安静善良的女孩。那些人生最寒冷的日子,她如冬日暖阳般,给他凄凉的心带来阵阵温暖与安慰。

他们很快结婚。两年后生了儿子。母亲在她的精心照料下，病情日渐好转。

业余，他又拾起他的画。深夜，她站在他的旁边，为他夏驱蚊、冬添衣。画画的间隙，他抬起头，发现自己正笼罩在她爱恋的目光中。岁月静好，他们在平淡中幸福着，亦喜悦着。

然而，生活的暗涌总是悄然涨潮。孩子10岁时，她突然病了。头晕、腰疼，浑身乏力，食欲不振。医生诊断为肾萎缩，伴重度肾炎。

这样的病，小城治不了。他带着她，开始在北京各大医院奔波。为了挂专家号，他常常半夜三更去医院排队。数年来，他几乎没睡过一天安稳觉。高额的医药费，让本不富裕的家庭瞬间陷入没有尽头的贫困中。她知道，自己的人生，再不会有春暖花开的绚烂。自己的生命，正如渐次枯败的秋叶，正日渐飘落凋零。

服了三年的药，病情却每况愈下，后来，她开始尿血，最终恶化成了尿毒症。这样的情况，最好的治疗方法是换肾。面对肾移植所需的巨额费用，她拼命地摇头。她说："我不能再拖累你和儿子了。我已是一个废人，不要无谓地在我身上浪费钱财与精力。"他帮她擦着泪，安慰道："这怎么能叫拖累呢？你是我的妻，是孩子的妈，我们是世间最亲的人，理当有福同享，有难同当。"

听医生说亲属间活体肾移植费用较低，他眼前一亮，自己不是有两个肾吗，完全可以移植一个给妻子啊！她知道后坚决反对。任何手术都有风险，如果发生意外，儿子怎么办？丈夫是家里的顶梁柱，如果他有什么闪失，这个家就彻底垮了。

她紧紧握住他的手，目光中泊满祈求："我知道你对我好，你是好人，今生能与你做夫妻，我已很满足了。别为我做什么肾移植，我只希望，你和儿子，都能健健康康的，过幸福安宁的日子。"

他表面上答应妻子不再提肾移植的事，暗地里却找医生跟妻做了配型。

很快,肾检结果出来了。可惜的是,换肾手术按惯例要做 6 个位点,而他与妻,只有两个点大致相同。内心升起的希望,再度黯然。走在川流不息的人群中,捧着给妻买的茴香馅饺子,泪似溪流,淌满了那张写满刚毅与沧桑的脸。

找不到合适的肾源,只能做血液透析。高额而痛苦的血透治疗,从开始的两个月一次,到现在的每星期一次。后来,她又合并了听力下降,清瘦的身体越发衰弱,家中所有的事几乎全部落在丈夫一个人身上。

他在养路工区工作,常常早出晚归,且工作强度很大。每天,清晨 5 点,他家的阳台总是第一个亮起灯。他轻手轻脚给她做好早饭和午饭,然后洗衣,拖地,烧水,尽量准备好她需要的一切,自己则简单吃一口就匆匆去上班。出门时,如果她醒着,他总忘不了问一句:"老婆,今天想吃点什么?下班我给你捎回来。"接着又叮嘱道:"记着吃药啊,记着去阳台晒太阳,记着听那首叫《花好月圆》的歌……"她躺在床上,抑制着即将涌出的泪,重重地点头。两分钟后,她支起身子,倚窗望去……泪眼蒙眬中,他骑单车的背影越来越小,显得孤单而落寞。她的心针扎般一下下疼着,整个人被内疚与自责顷刻淹没。她冲着他的背影自言自语道:"老公,你活得太累,太苦了,都是我把你拖累的。"

下班后,同事常常一起吃饭或娱乐,他却直奔菜市场,一番讨价还价后,飞一般往家赶。他知道,家里的女人,跟他同甘共苦近二十年,她生着病,需要他照顾,渴望他能多一些时间陪在身边。到家后,他一头扎进厨房,一边忙着做晚饭,一边大声给她讲单位和社会上发生的新鲜事。她感到纳闷,为什么他总有那么多的事情可讲,而且,这些事,听起来都是那般幸福和温暖。她不知,其实,这些都是他从报纸上看到的。有的,只是移动公司发给他的幽默短信。他从中选一些阳光的故事讲给她,只为她能升腾起战胜疾病的勇气。回到家,他从来报喜不报忧,他只想让妻快乐。那些生活中遭遇的种种挫折与困难,就让他一个人慢慢消受吧。

为了多挣些钱,他跟朋友借了车跑出租。晚上,把妻安排妥帖后,他拖着疲惫的身子，奔波在小城的大街小巷。北方的冬季，冷得彻骨。为了省钱，等人时他舍不得开空调。他瑟缩着身体，披着棉衣坐在车里，却也很快就入睡了。梦境里，妻终于等到了合适的肾源。她又穿上那件雪白的连衣裙，阳光下，红润的脸庞如莲盛放。他抱着妻一圈又一圈地旋转着，他开心地笑啊笑啊，醒来时，发现自己竟笑出了一脸的泪。

他的月收入加上跑出租所赚的也不足 3000 元。一家三口要吃喝，孩子的学费要交，妻的医药费一天都不能间断。真不知道，这一切，他都是如何负担的。我想，虽然他表面看起来乐呵呵的，但他的心里，一定终日叫苦连天。

那天，我晨跑回来，看到他和孩子正在楼下打羽毛球。两张灿烂的笑脸被金黄色的朝阳映得异常英俊。她安静地坐在旁边观看，目光极尽温情。

寂静的天空泛着清澈的蓝色，微风轻轻拂着她的长发，有小鸟快乐地从头顶飞过。他们身后的绿化地，郁郁葱葱，繁花似锦。

此时，我突然理解了什么是坚强乐观。那就是，无论生活中发生了什么，一家人都要快乐地度过每一天。无论生活让人何等的绝望，内心依然要满怀希望。

晚饭后，在楼下遇到他，我问："那么多的医药费，你如何筹来？"

他笑笑说："平时尽量节俭，另外还有许多亲朋帮忙。没有他们，我们一天都过不去。妻有时想不开，认为自己是我和儿子的拖累。其实，有她在，家才在。家在，我们的幸福就在。我相信，合适的肾源一定能找到，妻的病也一定能治好。只要她能活着，拖累对我来说，也是甜蜜的。"

内心涌起阵阵感动，我又问："现在还画画吗？"

"不画了。美术用具太贵了，妻看病当紧。"

泪不知不觉淌了下来。

内心忽然发觉，命运其实是极其公平的。它夺走一些，亦会还回一些。有爱在，一切苦难都没有什么了不起！因为爱所散发的光芒，足以抵消命运所制造的一切悲凉。

谎言暖心

汪　洋

在海德镇，几乎所有人都知道帕特是个不学无术、有小偷小摸习惯的坏孩子。人们看见他，都退避三舍，生怕沾染不良习气。大人们把帕特当成反面教材教育自家孩子："千万别向帕特学习，那是没出息的。"

帕特其实很不幸，在他出生时，母亲因难产而死。帕特的父亲在他母亲去世后，伤心过度而患上间歇性精神病。即便不发病时，他父亲也难得清醒，总用酒精麻醉自己，是个地地道道的酒徒。父亲酗酒，让帕特很难体会亲情，因此，他嫉妒那些和睦温馨的家庭。帕特心里对这些家庭有一股强烈报复心理："我不能拥有幸福，你们也别想。"这些人家的住房玻璃要么被不知从哪里来的一块石头砸碎，要么园子里的花草和其他用具被破坏。

时间在帕特的惹是生非中流逝、在帕特对生活无望的心理中流逝。海德镇没被帕特"报复"过的家庭几乎没有，帕特渐渐觉得有些无聊，希望找点新鲜事情来做。在帕特的渴盼心理中，海德镇新搬来一家人。

一天，帕特走到那家人屋子外面，紧锁的房门，宣告主人不在家。帕特很兴奋，机会终于来了。他在院子里转了一圈，发现有扇窗没关好，便毫不犹豫地从那扇窗子钻了进去，准备拿点东西做纪念。进入屋子的帕特睁大了眼睛，屋子里整齐地放着一排排书架，书架上码满了书。帕特进入的刚好是主人的书房。

游历在一排排书架前，帕特目不暇接。尽管在海德镇里，几乎所有人都知道帕特惹是生非，但没有几个人知道，他其实很喜欢读书。因为没有朋友，没有信任自己的人，帕特只有在看书时，内心才是宁静的，才觉得自己真实存在。其实，帕特的内心还是个好孩子，他表面淘气，就是为了引起别人的注意。然而，由于父亲只知道酗酒，家里经济状况不好，帕特喜欢看书的愿望也很难满足，他没钱买书。而小镇图书馆管理员知道他是个坏孩子，也拒绝他进入图书馆。

在书架前游历的帕特摸摸这本书，又摸摸那本书。帕特真想自己就是这屋子的主人，真想自己就是这些书的主人，那么他便可以任意选择书看了。最后，帕特选了一本人物传记《约翰·克利斯朵夫》。"克利斯朵夫"这个名字，帕特早就知道，知道他是位音乐家，而这本传记对这位音乐家艰苦卓绝的音乐生活和丰富多彩的感情生活进行了真实记录，极鼓舞人心。拿着《约翰·克利斯朵夫》，帕特情不自禁地坐在靠窗的书桌前看了起来。他沉醉在克利斯朵夫的世界里，完全忘记了自己到这幢房子来的目的是行窃。

突然，帕特的肩膀被拍了一下。他心里一紧，《约翰·克利斯朵夫》从手上滑落到了地上，他回头看见一位慈眉善目的老人正看着他。帕特心想："难道他是房子的主人，我该怎么办？"他不想就这样被抓获，行窃被抓获可是要关到小镇警察局好长一段时间的。然而，书房因码放太多的书，空间十分狭窄，老人身材魁梧，刚好挡住了他唯一的出行路线。正想着如何冲出去的帕特，听到老人说："孩子，你是阿尔特法博士的亲戚吗？"看着微笑的老人，帕特机械地点了点头。点头时，帕特对自己说："但愿他不要发现我不是房子主人的亲戚，否则……"

随后，老人向帕特做了自我介绍："我叫莫里，是阿尔法特的好朋友，专程来拜访他。"帕特思绪万千地听着自称莫里的老人的介绍，暗自庆幸："幸好莫里不认识房子主人阿尔法特的亲戚。"想着快些出去的帕特说："我还有事，我先出去了。"帕特站起来，准备侧身从莫里老人身旁走过去。莫里老人突然拉住他，让帕特心里一紧："难道穿帮了？"

莫里老人说："小伙子，看得出你是个热爱学习的好孩子。你很喜欢《约翰·克利斯朵夫》，你到这里来是为了拿这本书看的吧。呵呵，你可忘记拿书了。"说着，莫里老人把《约翰·克利斯朵夫》递到了帕特面前。心里忐忑不安的帕特从莫里老人手里接过《约翰·克利斯朵夫》，飞快向大门外跑去。

出门时，帕特碰到了邮递员。看着他，邮递员问："这幢房子的主人莫里在家吗？"帕特心里一惊："房子的主人叫莫里，难道刚才那位老人……"想到这，帕特情不自禁地点了点头。帕特不敢再多停留，迅速冲出这幢像图书馆一样的房子，心绪久久难以平静。他知道，刚才那位自称莫里的老人，其实就是这幢房子的主人。帕特更知道，作为房子主人，莫里自然认识自家亲戚了。莫里老人是为了保护帕特那颗小小的自尊的心，才对他谎称他是房子主人的朋友。

帕特也许没有想到的是，在莫里老人刚回到家，第一眼看到帕特时，他已经做好了报警准备。然而，对于他的回来，沉醉在《约翰·克利斯朵夫》世界里的帕特却全然不知。从这个情节里，莫里知道，眼前的这个小小的窃贼肯定只是一时心血来潮的叛逆行为，他放弃了报警的打算。如何才能保护这个少年小小的自尊呢？莫里灵机一动，想出了前面那些谎言。他相信，一个喜欢看《约翰·克利斯朵夫》的孩子再坏也坏不到哪里，保护好他的自尊，可能就拯救了他的心。

莫里并不知道自己这挽救自尊的谎言，究竟能够起到多大效果。回到家后，帕特对莫里保留了自己的自尊充满了感激。在小镇里，过去还没有谁在意过帕特的自尊，总是对他不屑一顾，认为他是个坏孩子。但莫里却认为他是一个好孩子。思绪纷飞的帕特在心里对自己说："帕特，无论如何，你也不能让莫里老人失望。"

帕特决定从此做个好孩子，做个积极面对生活的人。但上天再次把不幸降临到了他身上，一段时间后，他酗酒的父亲在醉酒归来的路上，被汽车撞伤了。躺在医院的病床上，父亲握着帕特的手说："孩子，爸爸对不住你，没有好好管教你。但爸爸一直都相信你是个好孩子，你会有所作为的。爸爸爱你！"帕特泪流满面地知道，爸爸其实一直都爱他。帕特父亲医治无效离开了人世，把孤零零的他留在了世界上。尽管没有了亲情护佑，但一想到莫里老人，帕特心中就充满了力量。不久后，还未成年的帕特被送进了社会福利院，接受系统的教育。

　　二十年后，已经八十岁高龄的莫里老人在杂志上读到了一篇署名帕特的作家的专栏文章，文章名字叫《一本珍贵的书》。看着这篇文章，他微笑着想起了多年前的那个谎言，相信这个帕特就是"阿尔特法的亲戚"。

妈妈的亲吻是给孩子最好的奖励

汪　洋

看着新的文学老师走进教室，卡波特心间突然涌起一种温暖的感觉。新老师叫菲斯丽，三十岁出头，皮肤白皙，留着齐耳的短发。看着老师溢满慈爱的眼睛，卡波特忍不住遐想："菲斯丽老师多像妈妈啊！"

卡波特的妈妈在他幼年时离开了人世。从此，卡波特便失去了叫"妈妈"的权利。看着其他孩子和妈妈亲热地在一起，他心里就酸酸的。卡波特的爸爸里希尔极爱妻子，因此一直没有再婚。

时间一晃而过，卡波特成了五年级的学生。他学习很努力，是班上成绩最好的学生。

"卡波特，想什么呢？"菲斯丽老师打断了卡波特对妈妈的怀念。还没清醒过来的卡波特，面对询问有些慌张，竟然口不择言："我在想妈妈！"他的话音刚落，全班顿时哄堂大笑，卡波特的面颊一阵发烧。

菲斯丽老师并没有批评卡波特，反而对全班同学说："妈妈生养我们多伟大啊，卡波特同学想妈妈很正常。"卡波特感动地想：如果她能成为我的妈妈就好了……

从此，卡波特的想法一发不可收。他知道，要想菲斯丽老师成为妈妈，首要条件是她得没有丈夫。通过打听，卡波特得知菲斯丽老师在一年前离婚了，原因是前夫有了外遇。可接下来的事又让卡波特犯愁了：爸爸根本不认识菲斯丽老师，而菲斯丽老师也根本不认识爸爸。"我得想个办法让他们多多接触"卡波特心想。陷入沉思的他突然灵机一动：菲斯丽老师不是一直在对差生进行家访吗？卡波特有了主意。

卡波特的突变，出乎菲斯丽老师的预料。在她来这个班之前，前任老师对卡波特称赞有加。然而最近，菲斯丽老师发现卡波特的学习成绩一塌糊涂，不仅不完成老师布置的作业，还在班上和其他同学打架……

"卡波特怎么了？难道他家发生了什么事？"担忧之下，菲斯丽老师决定对卡波特进行家访。

接待菲斯丽老师的是卡波特的爸爸里希尔。看着走进家门的菲斯丽老师，里希尔眼前一亮：菲斯丽老师和他去世的妻子像极了。里希尔心里涌起一种奇异的感觉。心里有鬼的卡波特借机进了自己的房间，躲在门后偷听客厅里的菲斯丽老师和爸爸谈话。

只听菲斯丽老师说道："里希尔先生，最近卡波特的表现有些反常，不仅学习不用功，还和班上的同学打架。"

爸爸里希尔听了菲斯丽老师的话，显得很生气："他怎么这样了？我把他叫出来！"卡波特不觉有些紧张。

这时，菲斯丽老师又说："里希尔先生，您不要生气。像卡波特这个年龄的孩子，出现这种情况很正常。只要我们好好引导，情况会改观的。"说到这，菲斯丽老师停了片刻，问道："里希尔先生，怎么不见您的夫人啊！"

卡波特听到爸爸的声音黯然了："卡波特妈妈在他很小时就去世了。这么多年来，他一直是个没妈的孩子！"菲斯丽老师的声音充满了歉意："对不起，我不知道情况是这样的。"

菲斯丽老师走后，卡波特从房间里跑出来问："爸爸，您觉得我们菲斯丽老师怎么样啊？"看着卡波别有用意的眼睛，里希尔禁不住一阵心跳加快：菲斯丽老师留给他的印象好极了，自从妻子去世后，还没有哪个女子给他留下如此深刻的印象。

卡波特心里美极了，他非常兴奋，仿佛看到菲斯丽老师成了他的妈妈，温柔地抚摸着他……

菲斯丽老师对卡波特更多地关注起来。为了让卡波特转变，她又多次去家访。卡波特没有愧对菲斯丽老师的用心，每次家访后，他就把坏毛病

"改"掉一些。随着家访次数的增多,菲斯丽老师也和卡波特的爸爸越来越熟,渐渐成为无话不谈的朋友。菲斯丽老师在了解到里希尔没有再婚的原因后,对他的专情佩服无比。

一天,菲斯丽单独辅导卡波特时,卡波特忍不住问:"菲斯丽老师,你觉得我爸爸是个好爸爸吗?"菲斯丽老师看着卡波特,笑着说:"当然是了,他多关心你啊。"卡波特鼓起勇气说:"那你觉得他会成为一个好丈夫吗?"听出弦外之音的菲斯丽老师禁不住低下了头。

当天下午放学,菲斯丽老师被一个违规的司机撞伤了。得知消息,卡波特的心悬了起来。而爸爸里希尔从儿子嘴里知道情况后,更是紧张,一再追问菲斯丽老师的状况。随后几天,里希尔几乎每天都到医院去探望菲斯丽老师。在一次次的探望里,他们的关系越来越亲密。

菲斯丽老师的伤势并不重,很快就出院回到了学校。不久,学校举办了一次作文大赛。卡波特写了一篇对新妈妈的期盼的文章,并袒露了自己佯装坏孩子的企图。这篇处处洋溢着真情的作文获得了大赛冠军,菲斯丽老师很兴奋:"卡波特,你真是个好孩子。快告诉老师,你需要什么奖励?"

看着老师温柔的眼神,卡波特一脸期望地说:"菲斯丽老师,请奖励我一个妈妈的吻吧!"

听了卡波特的话,菲斯丽老师的脸颊一片绯红。脸颊绯红的菲斯丽老师美丽极了,她轻轻搂着卡波特,在他的额头上印下了一个让他遐想无比、幸福无比的吻。

向着人生最高处前行

苏 洁

　　2011 年 7 月有一首情歌红遍了整个亚洲，歌者以其磁性特异的嗓音、动情专注的演绎，打动了亿万听众。这首歌就是电影《志明与春娇》中插曲《我的歌声里》，其演唱者就是旅居加拿大的中国女孩曲婉婷。

　　1983 年 10 月 10 日她出生在黑龙江省哈尔滨市。父母都是普通工人，也不懂什么音乐。但小婉婷从小就显示了她在音乐方面的过人天赋。

　　六岁时，她拥有了一架昂贵的钢琴。说起这事儿，她笑言要感谢自己有一双好耳朵，因为从小，她就对听过的歌曲旋律过耳不忘。

　　一次妈妈带她去朋友家串门，就在她们俩聊天时，她看见了房屋一角摆放的一台漂亮钢琴，她一时好奇就坐到钢琴凳子上弹奏起来，没想到弹着弹着就弹出了一首《小星星》，她一时间高兴的还摇头晃脑地演唱了起来，妈妈和她的朋友对此感到很惊讶，于是她们问她："你是怎么弹出这首歌的?"她扬起那张可爱的小脸："这首歌我在幼儿园听老师弹过，所以我就弹出来。"她这么一说，妈妈简直乐坏了，看来女儿很有音乐天赋，因此特意借钱给她买了一架钢琴，还给她报了钢琴班。她学了整整三年。

　　渐渐的，她长大了，依然特别喜欢音乐，可妈妈始终不希望让她走这条路。在她十六岁那年，妈妈毅然决定把她送到加拿大留学。当时念的是商科，她并不喜欢，但只好硬着头皮去念书，成绩一直不是很好。就在她在加拿大感到生活寂寞无助时，她遇见了一个男孩，两人很快相爱了。可母亲对她的这段恋情并不看好，在反复劝说无果下，母亲断掉了她的生活费。

　　临近毕业时，她因为几科考试不及格，学校对她进行劝退，这无异于是场巨大的打击。在她的百般恳求下,学校总算同意她留下来,但要选修别的课,她答应了。可偏偏又在这时,男友移情别恋向她提出了分手。那段时间各种的打击和困难一个个接踵而至,她特别迷茫和痛苦,不知道自己该做什么。于是她病倒了,一个人在屋子里整整躺了三天水米未进。在她内心绝望时,她的目光无意间落在墙角一把吉他上,她的眼睛顿时亮了起来,对啊,原来她并不是失去了整个世界,因为音乐还可以永远陪伴她。

她开始尝试写歌。可这之前她从来没有系统地学过乐理知识,她决心要系统地学习音乐。

为了生活和学习音乐,她开始了艰苦的打工生涯。当时她只是学生,没有工作签证,可这些都难不倒她,聪明的她跑到网上看那些雇人的帖子。后来看到一个富人每周六都会在家里举行派对,需要有人每周日去打扫,她就自告奋勇。这样每次从早上 10 点一直打扫到晚上 6 点,这期间她要不停地忙碌着,打扫房间、打扫庭院,甚至爬到棚顶去擦巨型吊灯……虽然工作很累,但拿到自己赚来的钱去交学费、买 CD,这让她为此很自豪,也很开心。这个工作她足足干了两年。

体力上的辛劳付出她可以咬牙应付,但是面对着妈妈对她做音乐的不理解和反对让她感到无能为力,为此母女俩在电话里争吵了几次,她的内心非常难受。她知道妈妈对她寄予了厚望,希望念完商科能学有所成地回国,找到一份好工作,而不是像现在这样把音乐当成了主业。妈妈一气之下三年的时间里没再和她联系,她伤心难过极了! 可音乐是她心中一个永久的信念,无论遇到多么大的困难,她都要坚持下去。三年后她特意为妈妈创作了一首英文歌曲《Shell》(壳),在电话里哭着唱给妈妈听。尽管妈妈听不懂她唱的是什么,可妈妈还是被歌曲中弥漫着的悲伤情绪深深感染了,电话那头悄悄地传来了一阵哽咽,一会儿妈妈告诉她:"把心思用在学习上吧。"直到后来她取得了一些成绩,得到了妈妈的认可,母女俩才和好如初。

她音乐旅途上的一次重大转折,应该是 2005 年遇到了加拿大顶级音乐公司 Nettwerk 的 CEO——Terry(特里)。当时她跑过去说:"你不认识我,但我认识你。我现在还没准备好，我希望等我准备好的时候，你可以听一下我的音乐。"五年后，她才将精心录制的唱片《Love I Am》给他，对方听完立刻与她签约，就这样她成为加拿大音乐公司 Nettwerk 的首位华人女歌手。

她签约了加拿大 Nettwerk 唱片公司后，其实在内地完全没人知道，公司没有内地这边的资源，更不可能帮她在内地做宣传，所以打开内地的唱片市场只能靠她自己。在这样的困难面前她没有退缩，而是迎难而上，她相信自己的唱功和创作能力，更相信内地歌迷的欣赏水平。正因为有了这样的自信，她陆续把自己的歌放到网络，很快她独特的声线和不容小觑的创作能力受到了歌迷的广泛关注。

真正让曲婉婷在华语歌坛蹿红的是她的这首原创中文单曲《我的歌声里》，这首歌让曲婉婷在内地人气急升，成了炙手可热的歌坛新星。

让业内惊讶的是，2012 年曲婉婷创作的几首歌曲更是被奔驰公司选中，和其他歌手的歌放到一张 CD 上，发行了 5 万张。如今在奔驰的车里、网站，各种汽车报刊的随赠 CD 中，都可以听到曲婉婷的歌曲。

这个有着顽强意志的女孩在克服种种困难后终于成功了。可在谈到成功时，她深有感悟地说："当你处在人生低谷时，伤心、难过、忧虑等统统无济于事，这时只有努力拼搏向人生最高处前行，美丽的风景才会在你眼前绚烂地呈现。把握人生中每一次机遇，迎接每一次挑战，用勤奋和汗水去谱写人生最动人的华美乐章。"

所以向高处前行，是一种积极的人生态度，更是一种奋发进取的精神。

妈妈会派人来看我

吕保军

有个五岁的小男孩,爸爸每天早出晚归打工挣钱,家里只剩下他和妈妈两个人。他妈妈已是肝硬化晚期,随时都可能有生命危险。小男孩很懂事,看妈妈的病情稍微轻些,他就用小手拉着妈妈在院子里散散步;当妈妈身体难受需要喝水时,他就吃力地爬上桌子去倒热水,然后一汤匙一汤匙地喂妈妈喝。他从不出去玩儿,总是偎在妈妈身边陪伴着她。

妈妈的心像刀剜似的难受,她多想亲眼看着儿子一天天长大。一想到日后,别人的孩子都有妈妈疼爱,唯独自己的孩子没有,她的眼泪就像断了线的珠子,簌簌地滚落。她试探着问儿子,假如有一天妈妈走了,永远不再回来了,你会不会想妈妈? 会不会哭着找妈妈? 看儿子咬着嘴唇似懂非懂地点点头,女人强忍住满腔悲痛,故作镇静地说,儿子别怕,来,好好望着妈妈的眼睛。你记住,即使妈妈有一天真的走了,我也会派个人经常去看你。

女人病情突然恶化的那天早晨,儿子被好心的邻居瞒哄着抱出去了。晚上等他再被抱回的时候,家里已经看不到妈妈的身影了。儿子的小心灵里隐约预感到了什么,他不哭也不闹,有关妈妈的字眼儿一句也不提,情绪反常得令所有的大人都惊诧不已。不过,细心的爸爸还是发现,儿子会赖在妈妈躺过的地方一待就是小半天,他会不自觉地拿起那只喂水的汤匙抚弄个不休。小孩子嘴上不说,心里到底还是在想念妈妈。爸爸的眼圈不由自主地就红了。

爸爸每天仍要外出挣钱,根本无暇照顾儿子,只好把他一个人丢在家里,叮嘱他千万不要跑出去。可是有一天他收工回家时,却没有看见儿子,爸爸的脑子"嗡"地一下就懵了,赶紧四处去寻找。最后,竟在一个十字路口发现了儿子，一个瘦弱的小身影正独自蹲在那儿，眼巴巴地朝路人张望着。爸爸嫌儿子不懂事，自己干一天活累得够呛，还得出来找他，所以不问青红皂白上去就打了儿子两巴掌，并厉声呵斥，谁让你不听话到处乱跑的？儿子委屈得号啕大哭，我想妈妈了！妈妈说她会派人来看我，我在等那个来看我的人！

一句话，惹得男人泪湿了眼眶。爸爸知道，儿子几乎每晚都会梦见妈妈，在梦里，妈妈仍像往常一样唤他的小名，老远就扑过来将他抱了又抱、亲了又亲，还买来很多好吃的、好玩的，逗得他像只快乐的小狗围着妈妈直撒欢儿……说实话，爸爸何尝不想有个人来看望一下儿子，给他幼小孤寂的心灵一点点安慰呢？可这份奢望，又是多么不现实啊。爸爸只好轻言软语地哄儿子，好孩子，也许那是妈妈怕你舍不得她，在哄你、安慰你哩。

儿子却执拗得很，他不满地朝爸爸嚷，不，你才哄人哩！妈妈从不说谎，她说会派个人来看我，就一定会有人来看我的！儿子的眼里噙着亮晶晶的泪花，执着地拦住过路的每一位陌生人，挨个问，阿姨，你是我妈妈派来看我的人吗？叔叔，你是我妈妈派来看我的人吗……

望着儿子可怜巴巴的模样，男人霎时悲伤不已。假如这时候奇迹能出现，有个人突然走到儿子跟前说，好孩子，我就是你妈妈派来专程看望你的！那么，无论让男人付出多大的代价，他都心甘情愿！

奇迹终于出现了。这一天，家里突然来了一个陌生的女人，指名道姓要找儿子。这时候的儿子，已经长大了，也长高了，刚刚考上了市重点初中。儿子心底"咯噔"一下，马上就猜到，这个女人是妈妈派来看望我的人吧？

陌生女人凝望着眼前的大小伙子，一双眼睛突然盈满了晶莹的泪水。她忐忑不安地轻唤着，好孩子，来，让阿姨好好瞅瞅你。这句话，更加证实了儿子最初的判断。童年忧伤的记忆里那股渴望妈妈爱抚的热望，立刻又潮水般溢满了全身。他轻轻地走近女人，目不转睛地注视着她的眼睛——这是一双多么美丽的眼睛，尽管眼底间或会闪过一丝愧疚，但它投射出来的目光，依然漾满了母亲特有的慈爱与温情！小伙子真想扑进女人怀里叫一声，妈妈！但是，他还是克制住了自己，喃喃地说，你终于来了！我就知道，你一定会来看我的！

女人的脸上掠过一丝惭色,她抱歉地说,孩子,阿姨对不住你,其实阿姨早就该来看望你的……

原来,妈妈在临终前曾做了个伟大的决定:死后捐出眼角膜。可怜的妈妈担心儿子长大后会忘了自己,她这么做就想让儿子知道,自己当年做了一件很了不起的事情,也算是给儿子留下一笔精神财产吧。妈妈对受捐者没什么特别的要求,她只希望对方能经常来看一眼自己的孩子,也就等于是她自己看到了! 这是她作为母亲,疼惜儿子的一片心呀!

而这个陌生女人,正是眼角膜捐赠的受益者,当年她接受了妈妈的捐赠,并很快做了移植手术,不久眼睛就恢复了健康。这个女人是个知恩图报的人,遵照捐赠者留下的遗言,她本想经常去看望好心人的儿子的,但近年来因治疗眼疾已是穷得家徒四壁了,自己拿什么去回报好心人天大的恩德呢? 恰在此时,有位在南方打工的同乡打电话来,说已联系好了活计,要他们速速起身过去。于是,丈夫安慰女人说,不是咱不想做好人,实在是爱莫能助呀! 咱们还是先抓紧挣钱吧,等以后发达了,再想办法补偿他们也不迟。就这样,夫妇俩一起到南方打工,这一去就是八九年。可是如今,眼瞅着自己一双可爱的儿女,女人内心的愧疚与日俱增。这天她终于熬不住了,试探着问丈夫,要不,咱回去看看那个孩子吧? 若没有人家的眼角膜,恐怕我的一双眼睛早瞎了,指不定要遭多大的罪,咱哪来今天这么好的日子? 丈夫也感慨地说,是啊,一晃都这么多年了……女人流着泪说,我一直就想亲眼看看那个孩子,看看他过得好不好? 咱力所能及地帮人家一把,否则我这辈子都良心有愧! 丈夫赞同地点着头,他心里也很不好受。

女人的眼睛潮润润的,越瞅越觉得眼前的小伙子是如此亲切。她猛地从兜里掏出一大把钱,使劲往男孩的怀里塞,好孩子,阿姨这次来,就是想补偿你一下……

儿子的泪水簌簌地往下淌,他如释重负般长长叹息了一声,恳切地说,阿姨,我不要你的钱! 今天你能来看我一眼,证明我妈妈当年没有说谎,这已胜过任何金钱的馈赠!

凝在叶子上的浪漫

吕保军

一

嘿，阿真！你还记得我吗？我是吉祥照相馆的伙计……

正袅娜地踽踽独行的她，被一位小伙子拦住了。小伙子磕磕巴巴地自我介绍着，略带羞涩的脸涨得通红，那样子真好笑。她想起来了，半个月前，她曾陪父母去镇上唯一一家照相馆合影留念，对他恍惚有点印象。

二十岁的她，正是花开的年纪，还未品尝过恋爱的滋味。在小镇上，她家属于中等偏上的家庭，父母为她挑拣婚嫁对象，简直挑昏了头，高不成低不就的。可以说，她待字闺中的日子，是无忧无虑而又充满某种期待的。也曾幻想过白马王子的模样：身材高大，长相英俊，富有且高贵，但这样的男人只在梦里出现，从不肯光顾她的生活。

那小伙子二话不说，拉起她的手就跑。他带她来到一处爬满牵牛花的围墙下，缠绕的藤络上，一朵朵天蓝色的牵牛花开得正旺，但奇怪的是，叶子却斑驳地萎黄了。小伙子指着围墙说，你看你看。她疑惑地问，你让我看什么？他说，叶子！请你仔细看看那些叶子！

她朝叶子上定睛瞅去，发现每一片叶子上都印着一个淡蓝色的影像，是一个女子的影像。她一眼就看出，叶子上的那个女子正是自己！想想看，满满一墙牵牛花叶子，几乎每片叶子上都印着自己的影像。这太不可思议了！他……是怎么弄上去的？

他的眼睛里掠过一丝得意，故作神秘地问，想知道我怎么弄上去的，是吗？看她急遽地点头，他接着说，在照相馆工作时，我学会了将照片印上树叶的方法。自从那天你从照相馆离去后，我就陷入了思念之中。我想把你的靓丽永远留在叶子上！尽管这太难了，可我想试一试。你知道吗？这满墙的叶子，足让我忙碌了十多天呢。我为你做这些的时候，感觉幸福极了！你愿意接受我的这份心意吗？

她使劲地点着头。小伙子表达爱慕的浪漫方式，一下子俘获了她的芳心。

二

两年后，她做了他的新娘。婚后的生活，是相当拮据的。他为了养活她，自己筹款开了一家照相馆。日子虽不富裕，却风平浪静、安安稳稳的，她也很知足。

很快就到了第一个结婚纪念日，他除了送她一些小礼物外，还附上一枚泛黄的带淡蓝色影像的牵牛花叶子！她抚弄着那枚叶子，满墙的花影扶疏刹那间又浮上了脑海。原以为，那些叶子用过之后就抛置掉了，孰料竟被他悄悄保存了下来。说实话，当初的青涩少女，如今已是成熟的丰韵少妇，那些不切实际的天真幻想，早在日复一日的柴米油盐里消磨殆尽了。这枚小小的叶子，却勾起了甜蜜的过往，让她觉得曾经的初恋仿佛昨天刚发生的一样。

渐渐地，手头有了些积蓄。为了更好地发展，他们商量着离开了小镇，移居县城买下了一座大房子。日子眼看着一天天好起来。在第二个结婚纪念日，他又送给她一枚带照片的叶子！这回，即便她再粗心，也不可能忽略他的用意。她激动地想：难道他真想把当初的浪漫，在以后的岁月里分期分批地馈赠于我？

果不其然！以后的每个结婚纪念日，他都会送她一枚带照片的叶子……渐渐地，每当结婚纪念日临近，收到一枚代表着浪漫爱意的叶子成了她最殷切的期盼：原来在他眼里，我一直都是那个最美好的存在！她还想知道，这些叶子他是怎么存放的，放在了哪里？她更想知道，他究竟收藏了多少枚叶子？难不成当年那满墙的叶子全被他珍藏了起来？他这份傻傻的痴情，让她心底储满了盈盈的感动。翻看这些叶子，她自然会想到当初那满墙的花影。数年光阴转瞬而逝，浪漫却以这样一种方式驻留心头。

三

转眼已是三十年后。在县城那幢空旷的老房子前面，一位年近花甲的妇人，每天端坐在门口的阳光里闭目养神。门楣上方的照相馆匾额，在厚厚的灰尘中依稀可辨。她摊放膝间的双手揽着一只古色古香的木箧，上面布满了因经常摩挲而留下的斑斑指痕。里面盛的，肯定是她大半辈子的陈年故事吧？或许，她平时全靠这只木箧来打发漫长的光阴呢。

更多时候，是老妇人抖着微颤的手指，从木箧内缓缓地捡一枚枯叶出来，用深邃滞重的目光凝视着。只见她两根手指极小心地捏着，好像稍一碰触，那片萎黄的叶子就会碎掉似的。老妇人脸上浮着粲然的笑意，那笑容仿佛穿透云层的阳光，把整幢房子都照亮了。

五年前，老头子已先她而去了，可这些叶子却永久地保留了下来。这是属于她一个人的"稀世珍藏"。每当她感到孤独了，想他了，就翻出来瞅瞅，曾经的往事就像昨天才发生的一样。男人不知道，从第二年起，他送出的每一片叶子都被她悄悄珍藏了。闲暇时候翻看一回，她的心底就会漾起无尽的温馨。这是男人花了一辈子的心思专为她营造出来的浪漫，里面融聚着他全部的热诚和挚爱，尽管花费不多却弥足珍贵。女人到老了就会懂得，浪漫才是熨帖心灵的良药。其实最值得女人珍藏和惜守的，不是金银财宝，不是衣帛珠花，而是可以耐得住反复咀嚼回味的幸福时光。

四

老妇人的脸上,笼罩着一层红润润的光,她的内心深处,涌荡着春风一样的柔情。虽然那个曾经的人、那些曾经的时光均已远去,可是这些叶子仍在,浪漫的回忆便会成为永恒!仿佛她仍是当年那个豆蔻花开的妙龄少女,一位帅气的小伙子正快步走来,并亲切地唤她的名字:嘿,阿真!快看这些叶子上的照片……

爱是一地细碎的阳光

吕保军

　　这天,他正带领着学生参加市运动会,忽然学校领导焦急地打来电话,催他快速返回:你老婆出事了……当他急急赶回时,医院已下达了病危通知书:她除头皮外,浑身上下全部被烧伤,全身浮肿变黑,已无救活的可能。原来,她到小伙房去做饭时,液化气罐漏了气,她一打火,浑身上下顿时被火焰包裹。一时找不着门,情急之中,她从伙房的小窗户上蹿了出来,随后昏迷过去。这场突如其来的火灾,让她命悬一线。

　　他悄悄拧了下大腿,才醒悟这并非一场噩梦。不知怎的,他脑海里当时一如幻灯片般反复闪回的,竟是她在斑驳树影下跳格子的容颜。

　　他与她,在大学里相遇,因为有着共同的爱好和志向,颇感投缘的两人很快就确定了恋爱关系。有一次,她偎依在他的肩头说,你就像一抹温暖的阳光,每次看到你,再忧郁的心情也会变得晴朗。毕业后,他们一同被分配到偏远的乡镇中学当体育老师。婚后夫唱妇随,教学、训练就是他们美好的生活。虽然乡间学校待遇较低,但学校的体育成绩有了很大突破,让夫妇俩很有成就感。

　　那是个初夏的午后,他们夫妇带着儿子去郊游,和煦的阳光在乡间土路上洒落一地斑驳的树影。她笑得咯咯的,不断做着跳格子的游戏,逗引得三岁的儿子跌跌撞撞地追着喊妈妈。儿子稚嫩的叫声,让她的笑容更加舒展、柔美。穿透树冠的阳光,筛落一层美丽的光晕,笼罩在她发梢上、衣服上,让她全身洋溢着一种母性的光辉。紧随其后的他,陶醉般地痴痴望着,她那欢快的倩影如同拍摄的照片,永恒地定格在他的心目中。那一刻,他心底漾满了水一样的爱意，一如这穿透树丛的斑驳而细碎的光影，无处不在地照拂着她的身心。

难道一场无情的火灾，竟将一切过往与将来像烧掉一张照片似的全给毁了？不！他的倔脾气上来了，执意要转院。医生警告他说，在转院过程中烧伤病人痰涎不断产生，如果不能及时抽出，会窒息而死。他脑海里再次浮现她粲然的笑容，抹了下眼泪，他坚定地说，就算她死在求生的路上，也比眼睁睁看着她死强！

于是，转到了北京某大烧伤医院。院方一边安排手术，一边要他缴纳手术押金，第一次手术就需要十万元。十万元对于他，无疑是个天文数字。他返回来找同学，跑回老家求本家族的亲戚、邻居，出一个门又进一个门，他的嗓音都变得嘶哑，原本强健的双腿沉重颤抖，他感觉自己在和死神赛跑，快点跑啊，一定要在最短的时间内凑齐十万块钱，不然她就被死神带走了。筹借到的最大一笔钱是三万，其他有几千元的，也有三五百的。在当日天黑之前，他终于凑够了十万元，通过银行卡打到北京去，他随后赶来。手术做完了，她仍在危险中昏迷。主治医生说，还需要多次手术，每周一次。她所需的医疗费用仍是巨大的数字，第二次手术需近七万，第三次需近六万……他每周都要赶回家筹钱。他舍不得走，他怕她在自己不在的时间里离开人世，但他还是要走，因为在这个时刻，钱就是她的命！那个在斑驳树影里欢快地跳格子的倩影推着他走。

几次手术下来，钱花到三十万的时候，发现她的血液已被感染，几无生还希望。非常同情他境遇的主治医生建议他不要治下去了，不然会人财两空。仿佛阴霾一下子遮住了整个晴空，那个斑驳树影下的倩影骤然成了被不小心曝光了的废片。他哭了，哽咽着说，就算她死了，我们也不会对医院有半点怨言；如果她一定要死，那也一定得让她在希望中死！儿子要妈妈，老人要女儿，而我是她的丈夫，有一点希望也得救她！

医生被他的执着深深感动了，他们拿出一个大胆的方案，使用一种还在试验阶段的抗生素，全面杀死她身上的细菌，包括人体的有益菌，她能否扛得过去，就是一个未知数了。然而奇迹出现了，她那颗异常健壮的心脏帮助了她，使她起死回生。这场灾祸，仿佛老天爷发下来的一张考卷，故意要考验他作为一个丈夫的责任。在短短三个月内，哪怕再难也决不放弃挽救她的生命，终于使她重获生机。她清醒的那天，见到他的第一句话是："我还能教学吗？"他流着泪安慰她："能！"她又问："治我的伤得花两三万吧？"在这个乡村女教师的心目中，两三万已是天文数字。他回答："没有，就一万多。"

他没有告诉她，自己前前后后多方筹借，已经欠下了几十万元的巨债！他怕一旦告诉了，会吓坏她。当她看到自己被截去了所有手指的手掌，竟然哇哇大哭："你为什么要救活我？还不如让我死了算了！"他紧紧搂抱着她，一遍一遍地安慰着："没事的，不管你成了什么样子，都是我最美的妻子！"在以后的岁月里，他不光要想办法还债，还要对她进行多方面的精心护理，使她的身心慢慢复原。他脑海里又浮现出那个初夏的午后，她在斑驳的树影下欢快地跳格子，那咯咯的笑声仍在耳畔回响，那娇美的容颜愈加清晰……

爱是阳光，仍在静静地淌泻，淌成了一抹永远的暖流。他暗暗发誓，要让那一地细碎的光影，融汇成一泓爱的温泉，为她疗伤！